Blue

川野芽生

集英社

Blue

本作には、トランスジェンダーに対する差別的な言動を描いたシーンがあります。

また、トランスの人々が抱えるメンタルヘルスや貧困の問題への言及が含まれています。

人魚姫は目を瞠《みは》った。はじめて目にした空のおそろしいほどの広さも、熱帯魚たちの鱗《うろこ》を全部奪ってきて一身にまとったような水面のまばゆさも、水底に形成される地形のひとつとばかり思っていた、尖《とが》った枝がいくつも突き出た巨大な構造物が水上に浮かんでいることへの驚きも忘れた。広い世界を見に上ってきたはずだった人魚姫の心は、その構造物――船――の小さな開口部のうちに引き寄せられていた。こんなに美しいものは海の中にはいなかった、と人魚姫は思った。自分が世間知らずのお姫様などではなく、海という海を知り尽くした冒険家でもあるかのように。

見たことがない、こんなに美しくて、こんなに、

水無瀬《みなせ》　どこまでト書き?

滝上《たきがみ》　言っただろ、小説しか書いたことがないって。

栗林《くりばやし》　誰だよ小説家先生を脚本に起用した奴《やつ》は。

宇内《うだい》　いいじゃん文学的で、俺こういうの好き。
栗林　部長は小説家先生に甘い。
水無瀬　文学的な台詞《せりふ》がほしいとか言ってたくせに。
滝上　でも僕の小説はそういうのじゃないんだ。台詞で説明するようなのは無粋だよ。
水無瀬　ト書きで説明する方がよっぽど無粋じゃん。
真砂《まさご》　でも実際台詞で説明する芝居ってだるいよね。
栗林　それは姫の演技力でなんとか。
水無瀬　ダブル姫の？
栗林　ダブル姫の。

こんなに美しくて、こんなに不幸そうな、それは人間の王女だ。豪奢《ごうしゃ》に着飾った数知れない人間たちに囲まれながら、人魚姫の目にはその姿だけが鮮やかに浮かび上がって見える。星々をつらねたようなドレスにも、彼女は見劣りしないだけの美しさを持っている。いいな、星々を浮かべはじめたこの空と海のすべてが彼女のために誂《あつら》えられた長い長い裳裾《もすそ》であるかのように、海の上と陸の上と海の下の世界のすべてが彼女をそのうつろに容《い》れるためだけに作られた衣装であるかのように、美しい。美しくて孤独だ。

この世界の何も、彼女の悲しみを癒さない。

人魚姫は知らないが、この日船上で行われていたのは彼女の婚約披露の宴《うたげ》である。

栗林　で、この人魚姫では船は難破しないんだ。
滝上　しない。難破したら、許嫁《いいなずけ》も溺死してもうハッピーエンドだろ。
水無瀬　ていうか、オリジナルの人魚姫の王子って海難事故で一人だけ生き残ってるんだよね。それってすごいトラウマじゃね？　家族みんな死んでんだよ。
真砂　家族とは限らなくない？
水無瀬　だって王子の誕生日パーティじゃん。要人みんな乗ってるって。
栗林　あ、誕生日なんだっけ。
水無瀬　そう思うと、船上パーティってリスク高すぎだな。船が沈んだら一発。
滝上　効率がいいね。
栗林　なんでテロリスト目線なの。
宇内　このひとあれなの、アナーキスト。
栗林　アナーキストって何？
滝上　帽子に穴開いてる人。
水無瀬　嘘《うそ》つけ。

人魚姫は孤独を知らない。人魚姫は悲しみを知らない。

五人のお姉様たちと、楽しく遊んで暮らしてきた。お姉様たちはみな美しく、陽気で、一点の曇りもなく朗らかだった。

お姉様たち全員を合わせたよりこれは美しい、と人魚姫は思う。けれどその眼《め》に浮かぶものを、人魚姫は理解できない。理解したいと人魚姫ははじめて思う。

水より透き通る一枚の窓硝子《ガラス》を隔てて、その美しい人間は星より遠い。

彼女の世界に、孤独と悲しみがはじめて加わる。

滝上　ただ難破のイメージというか、人魚姫の想像の中で船が難破するシーンはあってもいいかなと思うんだけど、演劇ってそういうのできる？　最初は現実に起きたことに見えて、後からこれは人魚姫の想像なんだとわかる感じにしたい。
水無瀬　無茶言うよ先生。
宇内　できるよ。
真砂　部長、安請け合いすんな。
栗林　部長は先生にべた惚《ぼ》れだから。
滝上　人魚姫と王女が見つめ合って立ってるんだ。多分、舞台の端と端とかに分かれてるのかな。王女の周りには人がいっぱいいいて賑《にぎ》やかに喋《しゃべ》っているのだけど、王女はそれを見ていない。で、嵐が来て、海が荒れて、船が壊れて、船客はみんな海に落ちていく。許嫁も。でも王女は目もくれず、微動だにせずにそこに立ってる。人魚姫も。他に誰もいなくなって、二人の間に青い海だけが広がってて、二人は見つめ合ったまんま。でも実際にはそうはならないんだよね。人魚姫がそう願ってるだけ。船客も許嫁もいなくなって、世界に自分と王女二人っきりだったらなって。夢見てるだけ。

人魚姫はそれから毎夜のように、王家の離宮のある岸へと泳ぎ寄った。

陸が海のようにはてしなく続いているのではないことを人魚姫は知った。いな、陸は広大だが、人はその上に数多《あまた》の境界線を引き、その線を踏み越えないように、縮こまって生きているらしかった。

あの人間は海辺の小国の王女であるという情報を持ち帰ってきたのはお姉様たちだった。そうしてもうじき内陸の大国の王子に嫁ぐのだという。王族の暮らす宮殿は、わけても海から遠く、四方を高い壁に囲われた都にあった。

水無瀬　でもさあ、すごい美女とか言葉で言うのは簡単だけど、演じる側は――

滝上　簡単だと？　もう一回言ってみたまえ。

真砂　先生、抑えて抑えて。

栗林　先生の逆鱗《げきりん》ポイントそこなんだ。
滝上　君たちの中の一人でも、言葉だけで美しさをこれほどまでに表現できる者がいるのか。演劇なら実物を連れてくれば済む話だが、言葉はゼロから世界を立ち上げるんだ。それを簡単だと言われるようなら僕は君たちとはやっていけない。
水無瀬　でもこれ小説じゃなくて演劇だからなあ。
宇内　まあまあ、言葉は役者がイメージを広げるのにも役立つから。
栗林　部長はこれだからな。

水無瀬　みんなやりたい役ある？
栗林　魔女気になるな。
水無瀬　うちは王女かな。真砂は？

（真砂、顔を上げて）

真砂　私、人魚姫やりたい。

（暗転）

真砂

「みんなさ、これ観《み》に行かない?」

三年生の部員が多目的室に集まってくると、宇内瑠実《るみ》が鞄《かばん》からクリアファイルに挟まれた一枚のチラシを取り出した。

「市民ホールで今度やる劇。高校生は千円だって。あの、滝上先生も、演劇は詳しくないって言ってたから、参考にどう? 先生の分は俺が出すし」

「面白そうじゃん」と水無瀬樹《いつき》が覗《のぞ》き込む。

「別に出してもらわなくていい」滝上ひかりが素っ気なく答える。

「いま金欠なんだけど、わしの分も部長出してくれん?」栗林夏穂《かほ》がにやにやと笑う。

「高校生料金かあ」真砂はつぶやいた。「学生証必須だよね? 面倒だな」

「え、失《な》くした?」

「違う違う」真砂は顔の前で手を振る。「私の学生証、あれだから」

そう言いかけると、「あー」と察しのよい宇内は同情的な声を漏らした。

「名前と写真がさあ……一年の時のままなの」

「え、それって変更してもらえないの?」

「なんか色々面倒なこと言われちゃったから、その時はそのままでいっかあと思っちゃったんだけどね。他校では名簿まで通称に変更してもらえるところもあるって後から聞いて、もっと交渉すればよかったーと思った」

「真砂の学生証、見たことない。見てえー」

「うちも学生証の写真、写り最悪。正直出したくない」

「お、見せろ見せろ」

「定期買うときとか、どうしてるの？」宇内が気遣わしげに聞いた。

「いやー、毎回面倒よ。『お兄ちゃんの学生証持ってきちゃったの？』とか言われる。後ろにすごい列できてるのにさ」

うける、と栗林が手を叩《たた》く。

「よく見ろよ、同一人物だろって思ってる。でもうだとかもそういうのないの？　こいつ性別間違ってるだろって思われること」

「あー、私服の時はなあ」一七八センチという長身の宇内は、情けなさそうに眉を下げた。

「女子トイレ入ると、周りからぎょっとした顔されるから……正直申し訳なくなる」

「君が申し訳なく思うことないだろ」滝上がきっぱりと言った。「観劇の時は、僕らが一緒にいて、本人だって証言するから大丈夫だろう」

王女は毎夜、バルコンから身を乗り出して、海を眺めていた。幼い日からの友であった海と別れる日が近かったからである。王女は涙を流さなかった。海のすべてが、にがい涙を湛《たた》えたおのれの眼《まなこ》と思われたからであり、その眼を王女は後に置いてゆくのであった。それゆえ王女は二度と涙を流さぬはずであった。二度と、何をも目にすることはないはずであった。

「でさあ、ミアはマルグレーテのことどう思ってんの？　うちにはよくわかってないんだけど」

台本が書き上がっているところまでの読み合わせが一通り終わり、マルグレーテ役の水無瀬が口を開いた。

ほとんど女子ばかりのこの演劇部に、女性の役を演《や》りたがる部員はかえって少ない。水無瀬はその中では珍しく、ヒロイン役の常連である。舞台上の彼女に憧れを寄せるファンたちは皆、分厚い眼鏡をかけて髪をきつく束ね、眉根に皺《しわ》を寄せて早口でぶつぶつ言っている普段の姿に幻滅すると言われている。

「どうって、好きなんでしょ」

ミア役の真砂が答えると、水無瀬はわかってないなあと言いたげな顔をして、

「何で好きになるのかがまず謎なんだよ」

と言いながら丸めた台本で机を軽く叩いた。

「船の上にいるのを海から一目見ただけじゃん。喋ってもない。それで、故郷も捨てて家族も捨てて、本当の自分を捨ててまで会いに行く？」

「ていうか、ミアの気持ちは水無瀬の役作りには関係なくない？」

「あるよ。ミアがどういう気持ちをマルグレーテに持ってるのかわからないと、マルグレーテとしてもミアにどう接したらいいのかわからない」

「理論派なんだよなあ、水無瀬は」と、魔女役の栗林。

「うだ」

と真砂は横で聞いていた部長を引き込んで、

「演出家的にはどう思うの？　そこの解釈」

と問いをパスした。

「そこって、どこ？」

「ミアの一目惚れについて」

「水無瀬は、一目惚れなんかないって立場？」

「ないっていうか、わからん。顔で好きになったってこと？　一目見ただけじゃ相手のことなんか何もわからないわけじゃん。それでそんな好きになる？」

容姿で憧れを持たれることの多い水無瀬の言葉にはたしかに説得力がある。

「一目惚れ、わかる気がするけどなあ、俺は」

宇内は何かを思い出そうとするようなゆっくりした口調で水無瀬の早口を受け止める。

「相手のことがわかってるから好きになるわけじゃないんじゃないの？　むしろ、わからなくて、わかりたいと思うのが、好きっていうことなんじゃないかなあ」

「ははあ」

横から栗林が意味深長に目配せをしてみせると、その場の皆にも、宇内の滝上に対する気持ちを茶化しているのだとわかって、宇内は見るからに赤くなり、口籠った。

「他人ってわかんないもんじゃん。部長はたいていの人間のことは理解したつもりでいるってこと？」

水無瀬は空気を無視して更に切り込む。

「わかりたいにせよわかるにせよ、特定の一人にだけ、その気持ちが湧くきっかけって何なのって話。顔がいい人間のことだけ、わかりたい気持ちが湧いてくるってこと？」

「うーん、人が人を見て、いや、同じ空間にいるだけでも得られる情報って、容姿がきれいとかきれいじゃないとかだけじゃないんじゃないのかなあ。なんかこう、実は一瞬ですごくたくさんの情報をやり取りしてるんじゃないのかな」

水無瀬の眉根の皺が深くなる。納得が行っていない顔だ。

「いや、結果的に間違ってたことはあると思うけど、ね」

宇内もフォローするような口調になる。

「間違ってる、というか、いろんな情報を受け取ってはいるんだけど、それを簡単に処理しようとすると、間違うから、処理できないままに抱えるしかないのかなあ。だから俺は、人のことわかってるなんて言うつもりは全然なくて、でもなんか、生きてると、わかったつもりにならなきゃいけない場面っていっぱいあって、でも実は何もわかってなかったんだって突きつけられるときがどっかで来ると思うの。だからあの、人間はみんなわからないものだ、ってことをわからせてくる一人の人に出会うことがある、ってことじゃないのかな」

「一日で大量の情報量をぶつけてくる人がいて、その情報量を処理できないと、好きになる、ってこと？」

「そう……なのかなあ。いやごめん、俺自分が何を言ってるのかわからなくなってきた」

宇内は長広舌を振るっていたときの夢みるような表情から一転して、困った顔になっていた。

「脚本家先生に聞いてみたら？」

「憐《あわ》れみ」

と滝上は一言で答えた。

滝上は、多目的室を出てすぐの階段に腰掛け、膝の上のノートに文字を書き付けているところだった。

脚本の第一稿をほとんど小説の形式で提出してきた滝上だが、それを戯曲の形式に書き直す作業が少しずつ進んでいる。

「わかるように書いたつもりだったんだけど、僕」

と、やや不機嫌そうに。

「いや、演劇っていうのは、台本からわかる以上のことを伝えなきゃいけないからさ」

宇内が下手に出ると、滝上はノートを閉じて、それでもまだ渋々といった様子で言葉を継ぐ。

「僕も水無瀬さんと同じで、一目惚れってわからない。お伽話《とぎばなし》とかにはよく出てくるけど、ナンセンスだと思う」

真砂たちはこっそり宇内の表情を窺《うかが》った。

「容姿が美しい人を好きになるなら、もっと美しい人が出てきたらそっちの方が好きになるのか？　それは誠実な愛と呼ばれるものとは食い合わせが悪い。それに、世界で一番美しい人を皆が好きになるなら、両思いになる確率は非常に低い。結局、この程度でいいやって妥協するしかないと思う。ただ、考えてみたら、お伽話なら別にそれでいいんだ。中世とか近代初期には、恋愛ってごく限られた特権階級のものだったわけだよ。恋愛のルーツが中世ヨーロッパの宮廷風恋愛だったという説に従えば。それは婚外恋愛だったし、婚姻とか子孫を残すとかそういったこととは別の問題としてあった。一人の貴婦人を大勢の騎士が崇《あが》めていて、結ばれるのは一握りだった。そういう世界なら、世界で一番美しい人を求めてもよかったんだろうね。自分たちだって選ばれた人間なんだし、世界で一番強い騎士か何かになろうとしている。で、世界一強い騎士のためのご褒美として世界一美しい貴婦人は釣り合ってただろうね。庶民は生きるのもやっとの暮らしをしている中で、美しい容姿とか美しい装いとか上品な物腰とか知的な喋り方とかって、富と権力がないと手に入らない、ステータスの証《あかし》だしね。だんだん人を好きになるとかじゃなくて、一目見てぱっとわかるような、見るからにヒエラルキーの高い人に憧れを寄せて、叶《かな》わなくても結婚とかはまた別の次元で起きてて、それでよかったんだと思う。でも時代が下るにつれ、恋愛が民主化してきて、猫も杓子《しやくし》も恋愛をするようになるし、結婚と恋愛がセットになるようになると、——恋愛って元来民主的なものじゃないんだと思うんだよ。それが一般に広まったら、全然違うものになるんじゃないかな、成立しなくなってくるんじゃないかなと思うんだけど。妥協が必要になるよね。自分と釣り合うのはこの程度かあって。同時に、誰でも一目見てわかる魅力じゃなくて、自分にしかわからない——という幻想を持てる——内面の魅力、というものが必要とされるようになったんじゃないかな」

理屈っぽい水無瀬でさえ目を回すような長広舌を淡々と振るった後で、ようやく聴衆の

存在を思い出したかのように、

「で、何だっけ」

と滝上は言った。

「あー、つまり、お伽話なら一目惚れでもいい。でもお伽話を現代風に翻案するなら、読者は——失礼、観客か——ある程度登場人物の内面に共感できることを求めているし、相手が美人だったから好きになりましたって話では納得できなくなっているんじゃないかな。いや、これは後付けだな。結局は僕が納得できないから、僕の納得行くように書き直してみただけなんだけど。僕は中世ヨーロッパの騎士ではないから」

「で、憐れみ、と」

「そう。ミアのマルグレーテに対する気持ちが恋なのかどうかは僕にはわからない。ミアがマルグレーテを見て衝撃を受けたのは彼女が美しかったからではなくて、不幸だったからだ。その不幸をどうにかしたいと願った。どうにかしなければならないと感じた。自分ならどうにかできると信じた。生まれて初めて不幸な存在を目にしてしまって、ただその不幸を何とかしなければ夜も眠れないようになってしまったんだ」

「でも脚本では姫が美しいとはすごく書いてあるじゃんか」

呑《の》み込みきれないといった様子で水無瀬が口を挟む。「美しくて不幸だって」

「それは、うーん、修辞」

滝上はあっさりとした口調で答えた。

「ミアにはそう見えた。彼女が美しいから彼女しか見えなくなったわけじゃなく、彼女しか見えないから彼女が美しく見えるというだけ。多分ね」

「じゃあ、舞台上のマルグレーテは別に絶世の美女じゃなくていいんだ」

「いい、いい」

水無瀬は急に雲が晴れたような表情になった。

「真砂、納得行った？」

水無瀬にそう問われ、真砂は思わず目を瞬《しばた》かせた。

「だから、ミアの気持ちだよ。真砂がわかんないって言うから」

わからないと言ったのは水無瀬ではなかったのか。

「うちの相手役だろ、しっかりしておくれ」

でも真砂は、人魚姫の気持ちがわからないとは思わなかったのだ。そもそも水無瀬の問い自体が呑み込めなかった。

〈故郷も捨てて家族も捨てて、本当の自分を捨ててまで〉？

「私、別にミアがマルグレーテを好きになる理由っていらない気がするなあ」

そう言うと、水無瀬がまた渋面を作る。

「お前も『好きに理由はいらない』派か」

「いや……水無瀬はさ、人魚姫が人間になるのって自己犠牲だと思ってるわけだよね。だからそれだけの犠牲を払う理由を求める。でも私はそう思わないかも。人魚姫にとってはさあ、人間の自分が本当の自分なわけ、多分」

「何それ」

「人魚姫はずっと、海の上の世界に憧れてたんだよね。自分が本当にいるべき場所はそこだと思ってたわけ。自分は本当は人間のはずなのに、間違って人魚に生まれちゃったと思ってるわけ。だから、初めて海の上に顔を出したときに、目に入った存在がさ、海の上の世界そのものになっちゃったんだと思うんだよ」

はじめて『人魚姫』の物語を読んだときから、真砂はそう感じていたように思う。

「だから、他の誰かのための自己犠牲とかじゃなくて——人魚姫はとにかく外の世界に行きたかった。自分のしたいことをしただけなの。めちゃくちゃわがままで、自由な女の子なんだと思うなあ、人魚姫って」

「どう思う、脚本家先生的には」と、水無瀬。

「それが、君の一番演じやすい人魚姫？」と、滝上。

「——うん」真砂は答えた。

王子　そのように海を眺めているあなたは、まるで伝説のセイレーンのように魅力的ですね。あなたに命じられたら、誰でも逆らえずに波間に身を投じてしまうでしょう。ですが、セイレーンならぬ身のあなたには海風は毒です。あまりお身体《からだ》を冷やさぬうちに、下へおいでになってはいかがです。あなたはわが妻となるお方、そしていずれは私と私の国のために王子を産み、国母となられるお方なのですから。

マルグレーテ　まあ、お上手ね。あまり優しいお言葉をかけてくださるから、今しばし海風で火照った頬を冷やさなくてはならない羽目になりました。お先にお戻りになって。あなたを長く独り占めしては、両国の女に恨まれますわ。わたくしはこの先、いくらでもあなたを独り占めできますもの。

（王子を呼ぶ家臣の声）

王子　失礼します。あなたも私たちをあまり長く待たせたまわぬように。（去る）

マルグレーテ　（溜息《ためいき》を吐《つ》く）セイレーンにたとえられるよりも、古《いにしえ》の英雄たちのように、みずからセイレーンを探し求める冒険の旅に出たいものだわ。こんなお遊びの船ではなくて！

（ミア、「セイレーン」という言葉に反応して、波間から顔を出す。マルグレーテと目が合う）

　多目的室のもう半分では二年生を中心としたアンサンブル隊が、ダンス部から借りてきた助《すけ》っ人《と》による指導のもと、ダンスの練習をしていた。

ミュージカルではないけれど、この劇にはちょっとしたダンスシーンがいくつか入ることになっていた。そのうちのひとつが、ミアがはじめてマルグレーテを目にするシーンだ。舞台下手に組まれた船のセットの上に立ったマルグレーテと、舞台上手の岩陰から覗くミアの視線が、まっすぐにぶつかる。

背景に流れていた宴での談笑の声が消え、その場は静まり返る。照明は青に変わり、すべてが水底にあるように見える。

突然、銀の稲光が二人の間に閃《ひらめ》く。遅れて、雷の轟《とどろ》き。

音楽が始まる。はじめは小さく、次第に大きくなっていく。船客の悲鳴が上がり、一人また一人と、船から落ちる。船客を演じるのがアンサンブル隊だ。くるくると回りながら青い光の底に倒れたかれらは、数秒後、人間としての表情を洗い流して立ち上がり、青い薄布をたなびかせて舞台を駆け回り始める。かれらは船客から、荒波の化身に変わったのである。次々に船から人が落下し、落ちた途端に波の一部となって軽やかに、狂おしく舞い踊る。王女の両親や王子もアンサンブル隊に加わって踊り出す。波はますます激しく荒れ狂う。音楽が高まり、木の砕ける音がして、船のセットがいくつかのパーツに分かれ、波とともにしばし踊ったあと、下手に捌《は》ける。ミアとマルグレーテのみ、その場で微動だにせず、見つめ合っている。

その後、アンサンブル隊が全員捌け、音楽が消え、照明が元通りになり、談笑の声が戻ってくる。マルグレーテを呼ぶ声が袖から聞こえて、彼女は去っていく。難破はミアの想像の中でしか起きていないことがわかる。

実際には起こらない難破のシーンを入れたいという滝上の要望に応えて、宇内が考えた演出プランはこういったものだった。

例年はダンスを入れたりすることはないので、アンサンブル隊はひいひい言っているが、なんだかんだで楽しそうにしている。

「いいなー、わしも踊りたい。魔女のダンス入れない？」

と栗林は勝手なことを言う。

「ソロ？」と真砂。

「ソロ」と言って、栗林は勝手に考えた〈魔女ダンス〉を披露し始める。

ミア　地上がそんなに窮屈なところで、あのひとが地上でそんなに哀《かな》しい思いをしているのなら、こっちへ連れてきてはどうかしら？　お姉様たちとあたしとあのひとと、それにもちろんお祖母《ばあ》様も一緒に、楽しく暮らしましょうよ。

魔女　それはできないよ。

ミア　なぜ？

魔女　人間は水の中では生きていけないからさ。人魚が地上を泳げないのと同じことだよ。人間は水の中では息ができずに死んでしまって、海月《くらげ》みたいにぶよぶよの塊になって漂って、それから溶けて最後には白い珊瑚《さんご》みたいな骨だけが残るんだよ。

ミア　人間はお魚にはなれないの？

魔女　なれないねえ。

ミア　それでは……人魚は人間にはなれないかしら？

魔女　……なってどうするんだね。

ミア　そうしたらあたしがあのひとのところへ行けるでしょう。

魔女　なぜ行きたいの？

ミア　あのひとはとても……ひとりぼっちなの。周りにたくさんの人間たちがいるのにひとりぼっちっていうのがどういうことなのか、あたしには正直に言えばよくわかりません。でもひとりぼっちだっていうことはわかるの。もしかしたらあのひとは人間の姿をした人魚で、だからどれだけ人間に囲まれていてもひとりぼっちなのかもしれない。だからあたしは、あのひとのそばに行ってあげたいの。そうしたらあのひとはもうひとりぼっちじゃなくなるから。

魔女　そうしたら今度はおまえさんが、人間に囲まれたひとりぼっちの人魚になってしまうよ。おまえさんはお姉様たちともこのわたしとも離れ離れになってしまうんだよ。

ミア　でも、お姉様たちにはお互い同士がいて、お祖母様もいて、お祖母様にもお姉様たちやほかのたくさんの人魚の親戚がいるでしょう。あたしがいなくてもひとりぼっちにはならないわ。

魔女　……わたしに可愛い孫娘が何百人いようと、おまえさんがいなくなったらさみしいと思うさ。あのね、人魚が人間になる方法は、ないことはない。でもそうしたら、おまえさんは二度と人魚には戻れない。海の底には二度と戻ってこられないし、わたしたちにも二度と会えないんだよ。

そこまで、と宇内が手を叩いた。

「腹に一物ありそうな魔女だなあ」

「駄目かな」

栗林が、あちゃあ、という顔をしてみせる。

「この魔女は、アンデルセンの原作と違って」

と滝上が台本を捲《めく》りながらコメントする。「邪《よこしま》な魔女ではない。原作の〈おばあさま〉と魔女をミックスさせた存在で、声も奪わないし、悪巧みもない。ミアに薬をあげるだけ。別に原作の魔女も取り引きをしただけであって、邪なわけではないと思うけどね。魔女っていうのは本来、知恵のある女性を恐れた人々が――」

とまた長い話になる。

トリックスターの役回りが好きな栗林は、老人を演らせれば他の誰より上手いのは確実なのだが、賢女としての面をつかむのに苦労している様子だった。


休憩時間になると、アンサンブル隊の二年生たちが、

「ヒカリ先生、もう部員になっちゃってくださいよ」

と滝上に絡みに来た。

「今から?」

と滝上が肩をすくめる。「もうあと何ヶ月かで引退だろ」

三年生だけでなく、一、二年生までもすっかり滝上の存在に馴染《なじ》んで、ヒカリ先生ちっちゃくてかわいい、などと懐いているのか嘗《な》めているのかわからないじゃれ方をする。

もともと、演劇部員でもない滝上に脚本を頼むと主張したのは宇内だった。

宇内が文化祭の舞台で演出をやると言い出しただけでも驚きだった。裏方として演劇を作ることには並々ならぬ情熱を持っていたとはいえ、自己主張が不得手、人をまとめるのも苦手という宇内には向かないように思えたのである。

それだけでなく、同じクラスの滝上に脚本を依頼したいと言う。例年はだいたい既存の脚本を使っていて、新たに書き下ろすという発想はなかったし、滝上はたしかに小説を書

いているらしいが、肝心の作品は宇内ですら読んだことがなかった。そもそも、滝上は宇内が一年生の時から想いを寄せていて、なおかついまだにほとんど仲良くなれていない相手であることは公然の秘密だったから、職権濫用《らんよう》と難詰されるのも仕方がなかった。しかし、会議のたびに全員の意見の中間を取ろうとしてどの陣営からも睨《にら》まれるような宇内が、この時は引かなかった。読書家で博識な滝上が自分たちの演劇に新しい風を導き入れてくれるはずだと主張して譲らず、とにかくアイディア出しの会議に滝上を出席させてもいいという譲歩を引き出した。

ただし、この時点で滝上自身には諮《はか》っていない。滝上に声をかける段になると、会議での強硬な姿勢はどこへやら、今更になって「滝上さんには迷惑かもしれない」と言い出すので、滝上起用反対派だったはずの部員たちがあべこべに発破をかける始末だった。

滝上とは、真砂も二年生の時に同じクラスだったことがある。いつも一人で本を読んでいるかノートに何かを書き込んでいるかしている、小柄で大人しい女の子、という印象しかなかったので、反対派も多い中にいきなり呼ぶのは可哀想なのではないかとひそかに心配していたのだが、現れた滝上は意外にも周囲の思惑など一切気に留めない落ち着き払った様子で、採用するもしないも自由だがと前置きして、滔々《とうとう》とアイディアを語った。部員たちも面白そうな奴だとすっかり興味を惹《ひ》かれ、小説家先生と茶化しながら親しんでいった。

「ヒカリ先生って帰宅部なんですか？　文芸部とか入ってなかったんですか？」

「部費が払えないからね」

冗談か本気かわからない調子で滝上が言いかけたところで、宇内が慌てたように、

「ひかちゃん先生は一人で書いてる方が楽なんだよね」

と割り込んだ。

「先生、部長が一年生の時から先生をナンパしてたってほんとっすか？」

後輩たちの矛先が宇内に向く。

「え、覚えてないな。同じクラスだった？」

「ヒカリ先生、ひどい。覚えててあげてくださいよ」

後輩たちは笑いさざめいた。

「ていうか部長って何で役者やらないんすか？　男役やったら絶対スターでしょ」

一人がタブーの話題に触れる。下の学年は知らないのである。

「いやー、みんなそう思ったんだよ、一年の時」真砂がフォローするような冷やかすような気持ちで話を引き受けた。「でもこのひと、すっごい大根なの」

えー幻滅、と一人が声を上げ、いや見てわかるっしょ、部長は役者無理でしょ、と一人が生意気な口を利く。

「どっちも傷付くなあ」と宇内が苦笑いした。

一年生の時、その長身と中性的な顔立ちを見込まれて半ば強引に演劇部に勧誘された宇内は、舞台の上では全くの木偶《でく》の坊《ぼう》だった。クールに見えてひどいあがり症であり、長い手足の先端にまで神経が行き渡っていないかのように肉体の操作が下手だった。その上、律儀に裾を膝頭まで下ろした制服のスカートが妙に不似合いな分、男役がさぞしっくり来るだろうと思いきや、男物の服を着てみると意外に量感のある胸部と臀部《でんぶ》が主張してしまい、デリカシーのない先輩にあけすけにそのことを指摘されるや泣き出してしまったので周囲は慌てふためいた。

しかし周囲の懸念をよそに彼女は演劇部をやめはしなかった。演じる方より作る方に興味が湧いたようで、大道具に衣装、照明と、裏方全般を一通り経験し、ついに部長職まで押し付けられてしまったのだった。

王女がいつものように高いバルコンの上から海を凝視《みつ》め、いな、おのれにはもう眼はなく、心もなく、ただただ器にすぎぬ身体を海の大いなる凝視に晒《さら》していると思っていたのだが、夜半になって昇り初《そ》めた月が光の箭《や》を深い藍色の波間へ射《さ》し入れ、その面をのみ透き通らせ、それゆえに海の昏《くら》さ深さ底知れなさをいっそう詳《つまび》らかにしたとき、その透き通る波間に、長い髪を垂らしたひとつの顔が浮かび上がった。その顔はひたと王女を凝視めていた。あれは海の顔だと王女は思った。そしておのれの顔であると。その顔は、王女のそれを写し取ったかのように、青褪《あおざ》めて哀しげであった。海がおのれの眼であるように、海がまたおのれの顔であり、また海の眼を覗き込むおのれの顔がそこに映っていても何も不思議はないはずであった。

その顔を、王女は船上での婚約披露の宴の折にも見た覚えがあった。その時はおのれの顔とは思わなかった。まぼろしと思った。あの船の上からおのれは身を投げるべきではなかったかと、あの顔はおのれを迎えに来た使者ではなかったかと、そののち王女は幾たびも悔やんだ。

しかし海はおのれを見捨ててはいなかった。再び顔を現したのだ。そしていま見ると、船から見たのと同じ顔でありながら、おのれに生き写しでもあった。

王女は細い手摺《てす》りの上に身を乗り出した。爪先がバルコンから浮いた。——その時、背後で王女を呼ぶ声が上がった。王女は咄嗟《とっさ》に手摺りから下り、室内に向き直った。肩越しに海を振り返ると、月は瞼《まぶた》を閉じ、海の顔も消え失《う》せていた。

「うちさ、『人魚姫』の原作読んだんよ」

次の稽古の日、水無瀬はそう切り出した。「それでやっぱ謎だなと思うとこがあって」

そう言って、図書館のラベルの貼られた古い文庫本を机の上に放り出す。

「何が謎なの?」

「人魚姫は、何で王子と結婚したかったのかなあって」

それを言っちゃったらさあ、と言いかける真砂を遮って、水無瀬は続ける。また眉根に皺が寄っていた。

「だって人魚姫はずっと王子のそばにいるんだよ。王子は人魚姫を溺愛してんの」

文庫本を開いて、水無瀬は挑みかかるような口調で読み上げた。


一日ごとに、王子は、お姫さまが好きになりました。といっても、王子は、おとなしい、かわいい子供をかわいがるように、お姫さまをかわいがっていたのです。ですから、お妃にしようなどとは、夢にも思っていませんでした。


「これの何が不満なの？　幸せじゃん」

「恋人として見られなくても、好きな人と一緒にいられたら充分だよねってこと？」

「『充分』じゃなくて、最高じゃんって言ってるの。好きな人と一緒にいられて、愛されてて、なおかつ性的な目で見られなくて済むなら、それが一番いいじゃん。少女漫画とかで、好きな相手に『妹みたいに思ってる』って言われて落ち込む話あるじゃん、何で落ち込むのかわからない。妹とか子供、一番いい地位じゃない？」

「水無瀬はブラコンだもんな」栗林の言葉に、

「兄弟のこと好きだと何でコンプレックスって言われなきゃなんないの？　恋愛だったらラバーズコンプレックスとか言うか？」

と水無瀬が突っかかる。

「僕も個人的にはそう思わなくはないのだけどね」滝上は言う。「ただ、『人魚姫』はそもそもが結構性的な欲望を扱った作品なのではないかと考えられているんだよ。人魚姫は王子と結ばれるために脚を獲得する。脚っていうのは性的な含意を持たされやすい部位で、」

続きを察したらしい水無瀬の顔が嫌悪に歪《ゆが》むのを気に留めず――というより気が付かないのだろうが――、滝上は淡々と言葉を継ぐ。

「つまり人魚姫には人間の女の下半身が必要だった、愛する男と性的に結ばれるために。人魚のままでは人間と性交渉できないから。人魚姫の変身を思春期の性的成熟のメタファーと捉える読みもある」

他者から向けられる欲望に、誰よりも鋭い反発を見せるのが水無瀬だった。

この表情を、真砂はどこかで目にしたことがある気がした。

「もうひとつ、ハンス・クリスティアン・アンデルセンは、同性愛者もしくは両性愛者だった。『人魚姫』は、男性に対する彼の失恋の経験をもとに書かれたと言われている。アンデルセンは貴族のエドヴァルド・コリンに情熱的に求愛したが、エドヴァルドは女性と結婚した。手紙で『大事な友人』と呼びかけられて、激怒したアンデルセンの返信が残っている。誰よりもそばにいながら、同性であるがゆえに性的な対象として見られることがなく、相手が異性と結婚するのを見守らなくてはならない苦悩――と考えると、少し見方が変わるかもしれない」

「『大事な友人』と呼ばれて何で怒るのかわからない。同性からでも異性からでも性的に見られるのは嫌じゃん」

どちらの意見もわかるなと真砂は思う。性別が人間関係の変数になってしまうのは、どうしても納得が行かなかった。

「でもアンデルセンと人魚姫にはそれでは満たされないものがあったんだろうね。その上に性的なパートナーが最愛の人であり社会的に承認された配偶者であることが普通になっている世の中では、やっぱり恋愛関係とか婚姻関係というのはなんか、でかいんじゃないの。その相手に選ばれなかったという喪失感は」

水無瀬はやはり納得の行かない顔をしていた。

「アンデルセンの原作では、王子と結婚できなかったら泡になって消えてしまうわけだから、結婚できなくて絶望することへの理由付けは充分すぎるほどなされているとも言えるけど」

「これ、さっきの続き」

そう言って、水無瀬がまた文庫本を開いた。栗林が読み上げる。

ところが、お姫さまのほうでは、どうしても、王子のお妃にならなければなりません。さもなければ、死ぬことのない魂を、手に入れることができないのです。いや、それどころか、王子が結婚したつぎの朝には、海の上のあわとなってしまうのです。

「じゃあ、その条件がなかったらどうだったんだろう」と宇内がつぶやいた。「人魚姫が結婚にこだわらなくてよくて、王子と王子の妃と三人で一緒に楽しく暮らすみたいな道ってあったのかな」

「だとしたら、人魚姫にとっての幸せとは何なのか、人魚姫の求める愛はどういうものなのか、彼女自身が決めることはできなかったということになる」と、滝上。

「みんな難しいこと言うね」と、栗林。

「何で泡になっちゃうんだっけ?」真砂が首を傾《かし》げる。「魔女の呪い?」

「人魚には魂がないから」水無瀬が何かを嚙《か》み砕くような顔で答える。

「人間以外の存在には魂がない。キリスト教においてはそう考えられている」と、滝上。「死んだ後、天国なり地獄なり煉獄《れんごく》なりに行けるのは人間だけで、不滅の魂を持たないものは死ねばそれっきり。王子に恋をしようとすまいと、人魚姫は遅かれ早かれ泡になる運命だった。人魚姫も、ほかの人魚も」

「え、そんな話だったの？」

「人魚は三百年生きられるが、死んだら泡になって消えてしまう。人間の一生は短いが、死後は天国に行ける。でも人魚でも不滅の魂を得られる唯一の方法があって」

滝上の言葉に呼応して、水無瀬が文庫本のページを捲って差し出す。宇内が受け取って、水無瀬の指が指し示している箇所を読み上げた。


「でも、たった一つ、こういうことがあるよ。人間の中のだれかが、おまえを好きになって、それこそ、おとうさんよりもおかあさんよりも、おまえのほうが好きになるんだね。心の底からおまえを愛するようになって、牧師さまにお願いをする。すると、牧師さまが、その人の右手をおまえの右手に置きながら、この世でもあの世でも、いついつまでも、ま心はかわりませんと、かたいちかいをたてさせてくださる。そうなってはじめて、その人の魂が、おまえのからだの中につたわって、おまえも人間の幸福を分けてもらえるようになるということだよ。その人は、おまえに魂を分けてくれても、自分の魂は、ちゃんと、もとのように持っているんだって」

「人魚姫は王子に愛されて魂を手に入れることに賭ける。これは賭けであって、失敗したら、つまり王子が他の女性と結婚したら、人魚の三百年の寿命も失い、海の泡になる。

人魚姫のほしかったものは、本当は何だったんだろうね？　王子からの愛か、不滅の魂か」

「愛されると魂がもらえるんだ」と、真砂。「ちょっと謎。愛したら魂が生まれる、の方が、わかる気がする」

「どういう意味で？」と、水無瀬。

「何か、心を持たないアンドロイドが人間を愛して、『これが、ココロ……？』ってなるみたいな展開、あるでしょ。ああいうの」

「嫌いなんだよなそういう展開」

「真砂の疑問はわかる。僕が人魚姫の中で特に気になってるのはこの魂の話でね。人間以外のものが人間を愛して魂を得るという話なら、納得は行かないが、まあ理屈はわかるんだ。キリスト教において愛は重要だし、愛は魂の機能なんだろう。魂がないから他者を愛することができないはずの存在が誰かを愛したことによりその身に魂が宿る。それならわかる。善いことをすれば天国に行けるのと近い。でも愛されるというのは、完全に自分ではどうにもできないことだ。当人の心とか精神とか徳とか善とか、そういうものとは全く関係のない、偶発事だ。そんなことで魂が手に入るかどうかが決まるなんて、理不尽ではないだろうか」

「でも人魚姫って最終、天国行くよね？」栗林がきょろきょろと皆の顔を見回して言う。

「好きな人のために自分の命を捨てたから、天使が迎えに来てくれて」

「そうだっけ?」

真砂は、自分が『人魚姫』のラストをほとんど覚えていなかったことに気が付く。とにかく自分の行きたい場所に行って、ほしいものを求めて、それがうまくいかなくても、帰って来いと言われても、帰らなかった。そこで真砂の『人魚姫』は終わっている。

「絵本なんかではそういうバージョンもあるかもね」と滝上。「でも原作は、そんな『杜《と》子春《ししゅん》』とか大岡《おおおか》裁きみたいな話じゃないんだ。最後に迎えに来たのは〈空気の娘たち〉」

そう言って文庫本を宇内の手から取り、ページを捲って、読み上げた。


「空気の娘たちにも、やっぱり、死ぬことのない魂はありません。けれども、よい行いをすれば、やがてはそれをさずかることができるのです。

あたしたちは、暑い国へ飛んでいきます。そこでは、空気がむし暑くて、毒を持っていますから、そのために人間は死んでしまいます。ですから、そこで、あたしたちはすずしい風を送ってあげるのです。それから、空に花のかおりをふりまいて、だれもが、さっぱりした気分になるように、みんなが元気になるようにしてあげるのです。こうして、三百年のあいだ、あたしたちにできるだけの、よい行いをするようにつとめれば、死ぬことのない魂をさずかって、かぎりない人間のしあわせをもらうことができるのです。

まあ、お気の毒な人魚のお姫さま。あなたも、あたしたちと同じように、ま心をつくして、つとめていらっしゃいましたのね。ずいぶんと苦しみにお会いになったでしょうが、よくがまんしていらっしゃいました。こうして、いまは、空気の精の世界へのぼっていらっしゃったのですよ。さあ、あと三百年、よい行いをなされば、死ぬことのない魂が、あなたにもさずかりますのよ」


「さ、三百年」栗林が絶句した。

「アンデルセンの『人魚姫』が発表されたのは一八三七年だから、彼女はまだ天国に辿《たど》り着いていない計算になるね」

「はー、人間はそこまでしなくても天国に行けるんだ。ラッキーだね」と、栗林。

「人間のために風を送るとか、ちまちましてるよな。くだらねえ善行」と水無瀬がつぶやく。

「じゃあ人魚姫って、脚を手に入れても、人間にはなれなかったの?」と、真砂。「姿は人間になっても、ほんものの人間にはなれないままだったんだ」

「空気の娘たちの行いも人魚姫のそれも、キリスト教的に言えばかなり〈愛〉に見えるんだけど、それでも魂を欠いていると言うんだよ、人間と違って。大半の人間はこんなに殊勝でも善良でもないと思うのだけど、それでも人間の方が優れていて、生まれながらに魂を備えているんだよね。彼女たちに課せられた善行も、ひたすら人間に尽くすことだけで、たとえば空気の娘が人魚姫や動物に優しくしたところでカウントされはしないわけだよ」

腕組みをした水無瀬が黙って頷《うなず》く。

「僕はアンデルセンの人間中心主義を批判しているわけではないよ。アンデルセンは人魚姫の方に自分を重ねていたわけで、彼はそれくらい、自分が『人間のしあわせ』とやらから排除されていると感じていたのだと思う。

どこからが彼の独創で、どこまでが一般的なキリスト教の価値観、ないし世俗的な価値観なのかは僕にはわからない。〈愛〉の捉え方とかはちょっと独特なんじゃないかと思う。自分より王子を優先させる決断とかは、かなりキリスト教の〈愛〉っぽいよね。隣人愛。にもかかわらず、この話の中で一番大事な〈愛〉は、隣人愛ではなく、いわゆる男女の愛──性愛を含むロマンティック・ラブで、それが実らなければ魂は得られないんだ。それは珍しいような気がするし、でもそっか、イエスも結婚式を祝福しているんだよな。性的な、あるいはロマンティックな愛のうち祝福される唯一のものは婚姻によって結ばれる愛だ、という話なら辻褄《つじつま》は合うのか。婚姻できる、異性愛で、モノガミーで」

宇内は、俯《うつむ》きがちに頬杖《ほおづえ》をついて、滝上の話に聞き入っているのか、物思いに耽《ふけ》っているのかわからない。

「アンデルセンからしたら、自分だって他の人たちと同じように、いや他の人たち以上に一途《いちず》に情熱的に愛しているのに、自分だけが祝福を得られない、認めてもらえない、婚姻に至ることができないから――という気持ちだったのかもしれない。婚姻以外の形での性愛や恋愛は――むろん同性愛も――罪と見なされていたのだから、祝福を受けられない、牧師によって認められて結婚できないのなら、天国には行けない。

愛し愛されるのが人間の条件で、しかし認められる〈愛〉にはかなり制限があり、自分の愛は正しい愛とは見なされない、祝福もされないし、人間としての幸福にもあずかれず、それどころか自分は人間とすら認められず、天国にも行けない――それがアンデルセンの見ていた世界だったのかな」

ほんものの人間と見なされなくても、神様に認められなくても、それがわかっていても人魚姫はやっぱり海の上を目指しただろうか、と真砂は思う。

「ああそっか」と滝上が声を上げる。「祝福されるというのは神の愛にあずかることだからな。人間はそもそも神に愛されているという前提がある。『わたしがあなたがたを愛したように、あなたがたも互いに愛し合いなさい』だっけ、神に愛されているのだから、人間も他の人間を愛するっていう順序なんだよな。人間の愛は神からの愛のミニチュアで――じゃあなおさら愛っていうのは努力によって獲得できるものではなくて、ただ受動的に恵まれるものなんだな。神に愛されないと魂は得られない。〈愛され〉の方が大事なんだ」

「神モテ」と栗林がおどける。

「今シーズン一番大事なのは、男ウケより女ウケより、やっぱり神ウケ！」と真砂が返す。

自分って神ウケしないのかなと思いながら。

「『すべての男の頭はキリスト、女の頭は男』という箇所が聖書にあって、なんだそれはと思ったものだけど、男が神に従うように女は男に従わなければならないし、女は男を介して神に接するというんだよ。同じように、人間より低い位置に置かれている人魚で、同時に女でもある人魚姫は、人間の男を通して神の愛を求めるしかなかったのかな。人間の男に愛されることが神に愛されることだった――そういうことかな」

「うちには魂、ないかも」と水無瀬が吐き捨てるように言った。「愛されたことがないって意味じゃなくて。人を愛する――そういう意味で――ことが、魂のある人間なら誰でもできるんなら、うちは人間じゃないんだなと思う」

「そんな魂なら僕はいらないけどね」滝上がにっと笑う。「人間とそれ以外を分け隔てる魂とか、正しい愛とそうじゃない愛を分け隔てる祝福とか、そういうの全部いらないよ」

「……強いな」宇内がぽつりとつぶやく。

強い、と言われるの、自分なら好きじゃないかも、と真砂は思ったが、滝上は気にした様子もなく、

「いま気付いたんだけど、『パンズ・ラビリンス』って『人魚姫』の構造を下敷きにしてたのか？　『シェイプ・オブ・ウォーター』も『人魚姫』要素入ってるし」

とまた生き生きと思いつきを喋り出した。

「パンズ……何？」

「『パンズ・ラビリンス』。『シェイプ・オブ・ウォーター』のギレルモ・デル・トロの映画だよ。むかしむかし地下の国のお姫様が地上に行っちゃって、帰り方を忘れた、ってところから始まるの。で、現代のっていうか二十世紀に生きてる主人公の女の子が実はそのお姫様の生まれ変わりで、三つの試練を乗り越えると地下の王国に帰れるって言われるんだよ。あれ、人魚姫の帰還の話だったんだな。

最後の試練でさ、まだ赤ん坊の弟を殺せって言われるの。無垢《むく》なものの血を流せば王国に帰れるって言うんだけど、王子を殺せば海に戻れるっていうのと一緒だよな。それを拒否することによって主人公は真の試練に合格して、現世では死ぬけど王国に迎え入れられる。さっき栗林さんが言ってた、無償の愛が報われるっていうのと同じじゃないか？　『人魚姫』のハッピーエンドバージョン」

「もしかしてそれネタバレ？」

「ネタバレだけど観てよ。図書館にあるから。地下の王国が結構不気味なんで、ハッピーエンドかどうか意見が分かれるんだけどさ。僕はあれハッピーエンドだと思う。苦難に満ちた地上で生きていくのでもない、天国なんて胡乱《うろん》な場所を目指すんでもない。自分がもといた、地下の不気味な国に戻っていくのこそハッピーエンド。デル・トロはさ、人魚姫が人間になるのも人間に奉仕して天国を目指すのも納得いかなかったんだと思う。しかしデル・トロが人魚姫やってるなら僕がやる必要はもうないかも」

「待って待ってヒカリ先生、まだ筆折らないでくださいって」宇内が苦笑する。「その映画観るから。観て、その映画になくてヒカリ先生の脚本にあるいいところいっぱい挙げるから」

そういうのはいらん、と滝上は一蹴した。

マルグレーテ　あのひとたちはね、ミア、海への出口を手に入れたいの。そして海そのものを。海は誰のものにもならないのにね。海にたくさんの軍船を浮かべて、人を襲いに行くつもりなの。かなたの国々を征服しに行くための、海は道筋に過ぎないの、かれらにとっては。そして海もまた征服されるものなの。海は、人殺したちを大勢乗せた船ばかりが行き交う場所になる。海のいきものも、水も、塩も、あのひとたちは利用し尽くすつもりよ。かれらはあらゆる形で海を穢《けが》すことに、何の痛痒《つうよう》も覚えないのよ。

そしてわたしは何もできないの。わたしがあの国の王子に嫁ぎ、この国があの国とひとつになれば、かれらは自由に海へと出ていけるようになる。けれどわたしが拒めば、かれらはこの国に攻め込んでくるだけ。大勢の人が殺されて、結局かれらは海への出口を手に入れるわ。だからわたしにできることは、この国を守るために海を裏切ることだけなの。わたしは、わたしは裏切り者よ。わたしを憎んでいい、ミア、あなたはわたしを殺してもいいのよ。

ああ、幼馴染の蓮《れん》だ、と真砂は思い出す。水無瀬と同じ、嫌悪の表情を浮かべていたのは。

中学生の時、蓮の誘いで男子サッカー部に入った。

体を動かすのは嫌いではなかった。小学校の校庭では、性別関係なくボールを追いかけ、もみくちゃになっていた。学年が上がるにつれ、しかし、その輪からは女子が次第に抜けていった。抜けていったのか、排除されていったのか。その両方だったのだろう。それとともに、自分がなぜここに、校庭でボールを追いかけている側にいるのか、わからなくなることがあった。何となく自分の存在は場違いに感じられた。実はとっくにチャイムが鳴って、授業が始まっているのに、自分にだけそれが聞こえなくていつまでも一人でサッカーをしているような、隣のクラスの友達のところにお喋りに行っていたら先生が来てしまって、咄嗟に空いている席に座ってしまい、間違った教室で授業を受けているような。いつ、おまえの居場所はここじゃないと言われるかしれない、とそわそわしていた。けれどサッカーの輪から抜けていった女子たちと一緒にいると、すぐに蓮が呼び戻しに来た。

蓮は、真砂の世話を焼いているつもりだったのかもしれない。苛《いじ》められるとまではいかなくても、たまに男子たちから「女っぽい」と揶揄《からか》われることのある真砂を庇《かば》って、浮かないように、男子の集団から外れて行かないように、守ってやっているつもりでいたのかもしれない。

中学校に上がり、サッカー部が男子と女子に分かれていることに、真砂は何か死角から殴られたような衝撃を受けて、その衝撃の理由がうまく言い表せず、また男子サッカー部と女子サッカー部いずれに入ったらいいのかよくわからない気持ちを、誰にも説明できなかった。

蓮と遊ぶのは楽しかった。ただ、おのれが男であることを信じて疑わない者たちの中にいることが、自分も〈男〉と呼ばれることが、次第に鋭い違和感の棘《とげ》で皮膚を突くようになっていっただけだ。

そのころ蓮の背は若木のように伸びた。女生徒から今までとは違う視線を向けられることもあったようだが、男同士の友情の方が大事だから、と笑っていた。同級生やサッカー部の同期は蓮を羨《うらや》んだり、伸びてきた身長や増えてきた筋肉を比べ合ったりしていたけれど、真砂にはその気持ちはわからなかった。成長期の訪れが遅いことに、真砂は密《ひそ》かに安《あん》堵《ど》し、またいつかは来るそれを恐れていた。

サッカー部の先輩に告白された、と真砂が打ち明けたとき、蓮は声変わりのただ中にあるざらついたその声を苦しそうなほど張り上げて、真砂を励まそうとした。

――何だよそれ。マサはれっきとした男なのにな。何考えてるんだそいつ。気持ち悪いな。男同士だろ。

夏の終わりの西陽《にしび》の中で、真砂には蓮の方が傷付いているように見えた。

蓮は大袈裟《おおげさ》な仕草で真砂の肩を叩いた。マサは男だよなあ、と繰り返しながら。

真砂は今でも、その時の蓮の表情を思い返しては、彼は何に傷付き、怯《おび》えていたのだろう、と考えてみる。本人に聞くことはもうできない。

蓮にしか話していなかったのに、告白の話は知らぬうちに漏れていた。先輩は穢《きたな》いものでも見るような目で見られるようになり、やがて部活に来なくなった。真砂はおおむね被害者扱いだったが、たまに揶揄われると、蓮が庇った。

――マサは悪くないだろ。あいつが変態なんだよ。

と言って。

蓮との関係は次第にぎこちなくなり、真砂は一年生の終わりにサッカー部をやめた。二年生以降は、同じクラスになることもなく、一言も口を利くことはなかった。

いつだったか、多分三年生の時だろう、学校帰りにグラウンドのそばを通った折に、男子サッカー部の練習風景が目に入った。はじめ、ほとんど見慣れない人ばかりに見えたが、みな極端にパースの狂ってしまった元同期なのだった。ひときわ背の高い少年がシャツの裾で乱暴に顔の汗を拭っていた。シャツの下から、罅割《ひびわ》れた舗道のような、硬そうな腹があらわになった。それが蓮だと気付いたのは、少年とふと目が合ったとき、そして、その顔に嫌悪の表情が浮かぶのを認めたときだった。

そんなつもりで見ていたのではなかった。

蓮は多分、〈男同士の友情〉に固執していた。

真砂はそう考えてみる。友情は同性の間にしか成立しないと信じていて、真砂が自分は女だと言い出したら、誰かが真砂を女として眼差《まなざ》したら、自分の信じていた真砂が嘘になってしまうと怯えていたのではなかったろうか。ずっと隣にいた親友が女だったら——騙《だま》されたと、思ったのではないか。〈異性〉としての感情を向けられているのではないかと、不快に思ったかもしれない。

女性としての自分を殺さないままで、〈男同士〉のままでいることはできなかったのだろうかと、真砂は時々思う。蓮の望むような〈男同士〉。男とも、女とも、〈同性〉同士でいられたらいい。そう思ってから、男子サッカー部の粘つくような同調圧力を思い出し、違う、誰とも〈同性〉でなどいたくないと思い直す。誰とも、〈同性〉にも〈異性〉にもなりたくない。

自分が女性であるのか男性であるのかが、誰と〈異性〉になり、誰と〈同性〉になるのか——誰とは友達になれて、誰とは恋人になる可能性があるのかを意味するなんておかしい、と真砂は思う。

数年前に共学化した元女子校で、今でも男子の入学者が少ない高校を、真砂は進学先に選んだ。女子の集団に溶け込めると思ったわけではないけれど、男子の集団に問答無用で帰属させられるのだけは嫌だった。

演劇部に誘われたのは、数少ない男子だからという理由もあったのだろうと、真砂は後になって思い当たった。

しかし実際に〈男〉としての役割を求められることはほとんどなかった。女子部員の多くは、むしろ男性の役を演じたがった。自分と異なるものを演じることこそ演劇の華だと思っているのか、あるいは舞台の上でのみ現すことができる男の姿をこそ自身の真の姿と見なしているのか。

新入生全員が役者を務める夏の公演で、真砂は男性の役を演ると思われていたのだが、男性役の志望者が多いからという理由で、女性の役に移ることを申し出た。

その時まで、女性として生きるという選択肢が、現実的なものとして浮かんだことはなかった。それは空を飛べるようになるといったたぐいの夢想と変わらなかった。

舞台の上で自分ではない人間を演じることによる解放感というだけの話かもしれないとはじめは思った。しかし演劇部の中で、冗談半分に〈女の子〉として扱われるようになると、気持ちが楽になるのを感じた。

ある夜、王女は密かに離宮を抜け出して、海に小舟を浮かべた。無邪気で無鉄砲な子供でいられた頃には、よくその小舟で遊び、しばしば入江の外までも漕《こ》ぎ出して、父王に叱られても平気でいたものだった。小舟が転覆して溺れかけたこともあったが、周囲の心配をよそに、顔色ひとつ変えなかった。波が奇跡的に王女を岸へと連れ戻したのだが、王女には当然のことと思えた。海はおのれの友であり、友を傷付けるようなことなど海はしないはずなのだから。

人魚姫は、魔女である祖母から贈られた薬瓶を首から提げて、その夜も離宮を目指した。薬を使う決心はまだついていなかった。

水面に顔を出すと、月明かりの作る道の上に、簡素な小舟が浮いているのが目に入った。揺らめく光の上で、小舟も定めなく揺れた。小舟に乗っているのが王女であることはすぐにわかった。王女は人魚姫の姿を認めて、月よりもなお青褪めた顔で微笑《ほほえ》んだ。人魚姫の胸は高鳴った。

——あさくら、女子の制服いる？

と演劇部の先輩に言われたのが転機になった。——この春卒業したうちのお姉ちゃんのお下がりがあるんだけど、あさくらなら余裕で入るんじゃない？

女子の制服で学校に通いたい、と打ち明けると、両親はあっさりと受け容れた。まあちゃんの好きなようにするのが一番だよ、と両親は言った。両親はもともと、性別に対するこだわりがあまりなかったし、真砂のありようを否定したことがなかった。

〈真砂〉という新しい名前を彼女は自分につけた。

病院に通い、二次性徴をしばしの間止める治療を受け、彼女は女性として生き始めた。

——ずるいよな、朝倉は。

一年生の頃は、にやにや笑いながら絡んでくる男子も一人ならずいた。

——そうやって女子に取り入って気に入られてさ。賢いよな。

——俺も明日からスカート穿《は》こっかな。そしたら女子に虐げられなくて済むかなあ。

全体に女子の方が元気がいいこの学校で、押され気味の男子はどうかすると被害者意識を懐《いだ》きがちな傾向にあった。彼らには自分が裏切り者に見えるのだろうと真砂は思った。

真砂は露悪的な微笑を作って、彼らにぐっと顔を近づける。相手が思わずといった様子で身体を引いた。

——男子サッカー部でも、もてたけどね、私。

そう囁《ささや》くと、一瞬あって、相手の顔が穢らわしいものを見たように歪んだ。

からからと笑って、真砂は駆け出す。

こういうのは、「女の子らしくない」振る舞いと見なされるのだろうか。「本物の女じゃないからそんなことができる」と言われるのだろうか。

揶揄ってくる男子たちも、どうかすると蓮と同じように何かに傷付き、怯えているように見えた。


王女は波間に浮かぶ顔に向かって微笑んだ。おのれの、海の、どちらでもある顔。なぜならおのれは海とひとつになるのだから。迎えに来てくれたのだ、と王女は思った。頼りない小舟の上に王女は立ち上がり、櫂《かい》を手放した。櫂は藍色の中に沈んで、瞬く間に見えなくなった。まるではじめからまぼろしでしかなかったかのように。そして、櫂の後を追うように、王女は水中に身を翻した。

人魚姫は驚いて波間に立ち竦《すく》んだ。自分に会いに来てくれたのかと思ったが、王女はそのまま姿を現さない。人間が水の中では生きられないことを人魚姫は思い出した。慌てて小舟の方へ泳ぎ寄った。

見下ろすと、碧《あお》い水と月の光が混ざり合う、汽水域に似た領域を、王女がいっしんに沈んでいく。身に纏《まと》った衣がいそぎんちゃくのように開き、唇から小さな真珠に似た泡が立ち上る。人間が沈んでいくところを、人魚姫ははじめて目にした。沈むということのない人魚には、おどろくほどの速さだった。泡が上っていくのと引き換えに、からだは落ちていくように思えた。

人魚姫は王女を追って海に潜った。水の中で、王女のからだは今までになく自由に見えたし、あの哀しみの気配からも解き放たれているように見えた。人魚姫ははじめて間近に王女の顔を見て、このまま、このまま一緒に海の底の宮殿へ行くことができたら、と願った。白い珊瑚のような骨しか残らなくてもいい、宮殿に飾っておくことはできないだろうか？

それからその思いを振り払い、王女を抱いて水面に顔を出した。

「ごめん、来週の教室取れてなかった」

朝の教室に飛び込んでくるなり、宇内がそう言った。

文化祭が近付くと、どの部も活動が増え、空き教室の奪い合いになる。演劇部やダンス部、吹奏楽部のように、複数のチームに分かれて同時に稽古を進めていくような部は、一回につき複数の教室を押さえることも多い。教室の使用申請の日は、生徒会室の外の廊下に長い列ができる。

多目的室のような特別教室が他の部に取られてしまったときは、比較的空きのある通常教室で申請し直すしかない。一人が同時に使用申請できる枠には限りがある。そういうときは、人海戦術、とまではいかずとも、部員をかき集めてできるだけ多くの申請を出す。

「三人ほど、学生証持ってきてくれる？」

真砂は周囲を軽く見回す。この時間に来ている部員は少ない。ほか数人の部員とともに、真砂は学生証の入ったパスケースを持って立ち上がった。

生徒会室に置いてあるファイルを開いて、教室の空き状況を調べ、備え付けの申請用紙を埋める。申請者の名前と学生証番号まで記入して、学生証を添えて窓口に出す。

真砂の番になったとき、申請書と学生証をチェックしていた一年生らしき役員の、スムーズな作業が停滞する。申請書の〈朝倉真砂〉という名前と、学生証の〈朝倉正雄《まさお》〉という名前、それに真砂の顔を見比べて、いったんフリーズした後、奥に引っ込んでいく。

「ああ、朝倉さんは大丈夫」奥から三年生の声が洩《も》れ聞こえる。「そのまま通してあげて」

戻ってきた一年生は、平板な表情で学生証を返し、真砂は平板な表情でそれを受け取る。

正雄という名前は、幼いときから気に入らなかった。言葉を話せるようになってすぐ、彼女はその不服を両親に訴えた。

――ごめんねえ。

母親は心からすまなそうに言った。――初孫だからっておじいちゃんがどうしても名付けたがったんだけど、今更古いよねえ。

――あなたのお父さんは、たまに変に古いところがあるよね。

と父親は言った。――初孫にこだわるところも含めて。


大理石の階段の上に王女を横たえ、人魚姫はじっとその顔を見下ろした。意識を失っているときだけは、哀しみの気配を漂わせていないその顔。大理石に彫られたように静かなその顔。触れると、大理石のように冷たく、人魚姫と同じくらい冷たかった。

人間のからだに触れるのははじめてだったが、人間は冷たくてはいけないということは覚えていた。夜更けの海に見入る王女に、他の者たちはしばしば、からだを冷やすから止めるようにと呼びかけていたからである。

王女をあたためる手段はひとつしか思い浮かばなかった。

このひとは、私に会いに来てくれたのだ、と人魚姫は思った。私に会いに来ようとしたばかりにこんなことになってしまったのだ。私の方から、このひとのそばに行くしかないのだ。

人魚姫は首から提げた薬壜《くすりびん》を掴《つか》むと、蓋を開け――中身を一気に飲み干した。

そして、王女の上に倒れ込んだ。


「あれ、宇内さんサボりだ」

部室に宇内の姿を認め、真砂は声を上げた。

「真砂に言われたくない」

背を丸めて縫い物をしていた宇内が顔を上げて苦笑する。

「珍しいなと思って」

「なに、真砂もしかしてしょっちゅう来てる？」

「しょっちゅうではないよ」

乱雑に詰め込まれた大道具や小道具の間に、真砂は体をねじ込む。

「体育が面倒なだけ」

雨だしね、と付け加える。

部室の狭い窓を、冷たそうな雨が覆っている。

体育は苦手だ。自分一人だけ別室まで着替えに行くのも――それが認められているだけ有り難いとはいえ――面倒だし、他の女子とほとんど体格も変わらず、運動神経もさして良くないのに、女子のチームに入っていることをいつか誰かに「ずるい」と言われそうな気がして肩身が狭い。

「それ、衣装？」

宇内の手元には、美しい青い布が広がっている。

「そう。衣装係の子が一人入院しちゃっただろ。だから俺が手伝うことにしたの」

「うだは仕事増やしすぎ」

「でも好きだから、衣装の仕事も」

綺麗《きれい》でしょ、と言いながら、縫いかけの衣装を広げてみせる。

「ミアの衣装」

白い泡のようなチュールやレース、水面の光のようなビーズやスパンコールがたっぷり縫い付けられた、青いマーメイド型のドレス。

「おおー、綺麗」

真砂が小さく拍手すると、宇内は子供のように頬を緩めた。

「マルグレーテのは、去年使った黄色いドレス、あれも俺が作ったんだけど、あれをリメイクすることになってて」

自分では決して着ることがないけれど、そうしたきらびやかな衣装が、宇内は好きらしかった。

「何か手伝おうか」

「真砂、裁縫できないでしょ」

「全くね」

じゃあいいよ、と笑って、宇内は縫い物の上に屈《かが》み込む。その様子を、どれくらい眺めていたのだろう、唐突に宇内が、顔を上げないまま、「真砂」と硬い声で呼ぶ。

「なに」

「ムネ取る手術って、トランスジェンダーじゃないとできない？」

意を決したようなその問いを、真砂は決して意外には思わなかったのだが、

「乳房《にゅうぼう》切除術のこと？」

と聞き返すと、「乳房」という言葉のせいか相手が耳を赤くして俯いてしまう。

「難しいと思う」

とほとんど意気込むような早口になってしまったのは、意地の悪い気持ちからではなくて、一瞬でもあだな期待を持たせたくなかったからだ。

「胸オペは——って言うんだけど——性別適合手術のひとつで、性別適合手術はいわゆる性同一性障害の治療の最終段階と位置付けられている。つまり性同一性障害という病気だと診断されなければ治療も受けられない。診断は簡単には下りない。特に思春期は性別違和を訴えても過渡的なものだと見なされることが多くて、あ、ただ診断が下りなくても保険外診療でやってるクリニックも探せばあるかも——」

「そうだよね、ありがとう」

ひそかに収集してきた知識を一気に並べようとする真砂を手で制して、宇内は俯いたまま言った。

「性別違和？　があるというわけでは多分ないんだ。いやわからないけど、男になりたいというのとは違うんだと思う。ただ自分の体が嫌いというか、自分のものに思えないだけ」

「……手術できたとしたって、うだはきっと血が怖くて泣いちゃうよ」

真砂が慰めにならないことを言うと、宇内は少し顔を上げて恥ずかしそうに笑った。

「自分のこと女だと思ってるかどうかは確信がないんだけど」

「うん」

「俺が男だったら、ひいちゃん先生の隣にいられなかったと思って」

「うだが男か女かなんて先生は気にしないでしょ」

「俺が気になるの。ひいちゃん先生の隣に男がいたら、解釈違いだなって」

「拗《こじ》らせたオタク」

真砂が揶揄う。

「隣にいるのが男だったら、先生が勝手に〈女の子〉って枠に閉じ込められちゃう気がして」

「先生は大人しく閉じ込められてないと思うけど」

「うん、でも、自分の存在が相手の邪魔になるかもしれないの、怖いから、近付けなかったかもなって思って。だから自分は女でよかったと思ってて」

ミア　お姉様！　どうしてこんなところに。
人魚の姉１　お祖母様の伝言を持ってきたのよ。
人魚の姉２　よく聞いて、愛《いと》しい妹。
人魚の姉３　おまえが助かる方法はひとつだけある。
人魚の姉４　それは、今すぐ王女を置いて帰ってくること。
人魚の姉５　でなければ、おまえは王子を殺して、
人魚の姉１〜５　泡になって消えるわ。

翌週の稽古の時、衣装係が仮縫いまで済ませた衣装を持ってきた。ミアの青いマーメイド型のドレス。それと引き立て合うような、マルグレーテのカナリア色のプリンセスラインのドレス。

二人が試着すると、一、二年生が集まってきて、

「朝倉先輩、めっちゃ綺麗」

「水無瀬先輩、似合う！」

と喝采した。

「いったん写真撮るから、並んで」

学内ではスマートフォンの電源を切るように、という校則をものともせず、衣装係チーフは大きなシャッター音を立ててミアとマルグレーテの姿をあらゆる角度から写真に収める。

真砂と水無瀬は目で笑い合う。

(マルグレーテ、真っ青な顔をしてよろよろと出てくる。手には血塗《ちまみ》れの短剣を持っている。
ミア、目を瞠り、叫び声を上げそうになって口元を押さえる)
マルグレーテ　ミア、どうしよう。王子を殺してしまった。
ミア　(短剣を持ったマルグレーテの手を咄嗟に握り)私に任せて。(相手の手を緩めさせ、短剣を取る。スカーフで相手の手を包む)手を拭いてちょうだい。血の跡を残さないように。
マルグレーテ　どうするつもり?
ミア　早く部屋に戻って。何も知らないふりをするのよ。
マルグレーテ　あなたまさか――!
ミア　王子を殺したのは私よ、マルグレーテ。

マルグレーテ　いけない、あなたに罪を着せることなんてできないわ。
ミア　あなたが捕らえられたら、戦《いくさ》が起きるわ。いいこと、私が王子を殺したの。あなたに取り入ってこの国までついてきた身元のわからない娘が、王子を殺したの。
マルグレーテ　違う……！
ミア　その娘はきっと人間じゃなかったんだわ。悪魔《あくま》。悪魔の娘よ。それとも水に棲《す》む妖魔。そう、婚約披露のあの日、王子に邪な恋心を抱き、人間に化けて入り込んできた水妖よ。実らぬ恋の挙げ句、王子を刺して殺したの。あなたに罪はない、マルグレーテ。
マルグレーテ　違う……！
ミア　大丈夫、私は死にはしないわ。泡になって海に戻るだけよ。（微笑んで）あのひとたちも、これで海に恐れを抱くようになるかしら。

「水無瀬、真砂、めっちゃいい」

宇内が声を弾ませると、二人はにっと笑った。

「うん、今のとこ、よかった」

と滝上もコメントする。

宇内がスマートフォンで撮影した動画を、真砂たちは頭を寄せて見入る。小さな画面の中で、二人の姫が向き合い、言い合い、手を取り合っている。

「うわもう外真っ暗！」

誰かが叫ぶ。

どんどん日が短くなってきたなあ、間に合わねえ、と皆が口々に言う。

「いいねえ。本番が楽しみ」と真砂が言うと、

「わしはもう緊張で吐きそう」と栗林が吐く真似《まね》まで添えてみせた。

「緊張するの早いよ」

「さっき、台詞二箇所もとちった……」

「栗林は本番強いだろ」

日々は、鱗を剝がすように、零《こぼ》れ落ちていった。鱗の下から現れるのは、美しく輝くものだと、真砂は信じて疑わなかった。


朝になって、海辺に出た召使は、大理石の石段の上に王女と、見知らぬ少女が倒れているのを発見して驚いた。幸いなことに、二人とも命に別状はなかった。

王女が夜の散歩中、足を滑らせて海に落ちたところを、この少女が身を挺《てい》して救い上げ、凍えるからだをおのが体温であたためていたのだろうということになったが、少女の身元は一向にわからなかった。少女はどこから来たのか聞かれても何も答えなかったし、少女を探す者が現れることもなかった。

少女が何者か知っているかと問われた王女は、海、と一言答えた。幼い日からの友である海が、かつてのようにおのれを救い上げ、岸へと運んできてくれたものと王女は信じた。父王は少女を、王女を救った際に記憶を失った、漁師か何かの娘であろうと考え、王女のそばに仕えることを許した。ミア、という名を少女は与えられた。

眞青

眞靑 @blue_moon_light 2023-03-18 23:07
人魚姫は海で溺れているのだとおもっていたよ　半身は魚で半身は人で　海でも陸でも生きていけないこんなキマイラをかみさまはどうして作ったんだろうって　海の底で呪っていたのではなかったの？

最後に会ってから三年近く経《た》っていたが、宇内と滝上の組み合わせは駅の人混みの中でもすぐわかった。

他に着るものがないからといった様子で、男ものであろうボーダーのTシャツとジャケット、ジーンズに身を包み、相変わらず自分の肉体に居心地が悪そうな様子の宇内は、周囲の視線を避けるように体を縮こまらせてはいるが、滝上へと屈み込んで相槌《あいづち》を打っているその横顔は楽しそうだ。

　宇内と並ぶと大人と子供ほどに身長差がある滝上は、記憶の中にある通り、小難しい顔をしてしきりに何かを説明しようとしている様子だった。滝上は大きなボタニカル柄のリネンワンピースを着ているが、もともとゆったりした作りなのであろうワンピースは、小柄な滝上が着ると今にも裾を踏みそうなほど長い。その上にざっくりした編み目のカーディガンを羽織り、縁の細い眼鏡をかけ、黒髪を肩のあたりで切り揃《そろ》えた滝上は、華奢《きやしや》で非力な〈女の子〉に見え——眞青《まさを》はそう感じた自分に失望した。〈僕〉という一人称からか、もっと中性的な服装か、ストリート系のファッションを想像していた——というのは、我ながらあまりにステレオタイプなイメージだった。

　宇内はボストンバッグを肩に掛け、滝上も足元に同じくらいの大きさのバッグを置いている。


　眞青は思わず立ち止まった。このまま、彼女たちに会わずに帰ろうかと思った。体調が悪くなったとでもLINEすればいい。

　立ち止まった眞青の背中に、後ろから来た人が追突して、「ぎゃ」と声を上げた。

　あ、すいません、と眞青は振り返る。相手は「こっちこそさーせん！」と元気よく答えて、そのまま歩き去ろうとしたが、二歩ほど行ったところでぐるりと向きを変えて、まじまじと眞青の顔を凝視した。

「ま……真砂⁉」

声が引っ繰り返る。

あ、と眞青が口籠る。

栗林だった。エスニックと総称されるような、鮮やかなプリント柄のサルエルパンツにぶかっとしたトップスが異国風の雰囲気を醸し出していたが、その顔は昔のまま変わらない。

「真砂？　どうしたのあんた一体」

その大声に、宇内と滝上が顔を上げた。

「お、栗林──」

と手を挙げた宇内が、その隣にいる眞青に目を留め、何かを思い出そうとするように目を細め、それから絶句した。滝上の表情は恬淡《てんたん》としてわからない。

「真砂、あんた全然連絡取れないと思ってたけどさあ」

栗林が捲《まく》し立てようとすると、宇内が困ったように「ちょっと、端に」と手招きした。

眞青は先程から、通路の真ん中に突っ立っていたのだった。

滝上が足元のバッグを引きずりながら移動して場所を空ける。

眞青は宇内たちのいる隅の方へと寄ると、「久し振り」と告げた。

「女の子、やめちゃった」

泣き笑いのような表情をして。

眞青 @blue_moon_light 2023-03-18 23:12
まっくらな海の底で　水面の上の世界に焦がれつづける気持ちが　わたしにはわかるとおもっていた

眞青 @blue_moon_light 2023-03-18 23:30
海の底で暮らす人魚姫の眼がどうして矢車菊《やぐるまぎく》の青をしているのか　その眼は天のひかりに焦がれていたのではなかったか　からだは魚なのに　あたまは人間だった彼女は

春休み、地元帰るなら演劇部のメンバーで集まらないか、というLINEが宇内から来たとき、眞青はいったん断った。

Twitterのアカウントも消えてみんな心配してるんだよ、というメッセージの後に、絵文字がいくつも続いて、こいつ相変わらず絵文字の使い方がおじさんくさいなと、苛立《いらだ》たしいような懐かしいような気持ちになった。

いま忙しい、と素っ気ない返事をした。宇内は断られて食い下がれるような神経の持ち主ではない。それで終わりのはずだった。

しかし、既読がついて数時間後、もう一度メッセージが来た。

――実は『姫と人魚姫』を再演する話があるんだ。その件でみんなで高校寄って、顧問と現役部員に挨拶してこようと思ってる。真砂も是非来てほしい。

今度は絵文字がひとつもなかった。

そうだ、演劇のことにかけては、宇内も譲らなくなるのだった。

劇には出られない、人魚姫はもうできない、と言いたかったが、どう説明したらいいのかわからなかった。

それならば実際に会いに行けばいいのかもしれない。会えば、人魚姫がもうできない理由が一目でわかるだろう。

そう決めたのは、自傷のようでもあり、自分を使って他人を傷付けたいようでもあり、傷付いた相手を見て自分が傷付きたいようでもあった。

四人で列車のボックス席を埋めた。地元までは約二時間。日帰りもできなくはない距離だが、コロナ禍を口実にこの三年間ほとんど帰っていなかった。

待ち合わせ場所からホームへと移動するとき、宇内は滝上のバッグを持とうとして素気《すげ》なく断られていた。いつものやり取りなのだろう。

電車に乗ると、宇内が全員分の荷物を網棚に載せようとした。

「いい、荷物これだけだから」と眞青は断った。

スマートフォンに目を落とす。通知はいくつか来ているが、待っている連絡は来ない。

眞青は窓の外に視線を遣《や》る。


「コロナ禍の間、演劇部の後輩たちがなかなか活動できなくてさ」

宇内が喋っている。

「ほら、授業も全部リモートになっちゃったけど、演劇部って集まらないとなかなか稽古できないし、運動部なみにトレーニングもするし、何より公演をやるとなったらお客さんも呼ぶだろ。それで、顧問のまっちゃんに相談されて、コロナ禍でもできる活動を考えたりとか、協力してたんだよ」

インターネットを使って、物理的に集まらなくてもできる朗読劇の試みをしたり、Zoomを使った劇を作ってみたりしたのだという。

「ひぃ様も脚本やアイディアで協力してくれたんだよ」

滝上に対する呼び方が相変わらず一定しなかった。

二人はたしか同じ大学に進んだはずだ。

でもひいちゃん先生についてったわけじゃないよ、と宇内は三年前、聞かれてもいないことを弁明したのだった。

部員たちは部室の床にあぐらをかいて、この春から誰がどこへ行くことになるのか、情報を交換しあっていた。

——そういうことしたら絶対嫌われるから。自分の人生を人のために使うなって。だから学部も違うし。

——何学部？

——法。

——意外。

部員たちから声が上がる。

——法律興味あったっけ？

——じゃあ弁護士とか？

いやいや、と宇内は顔の前で手を振る。

——就職に有利そうだから法にしただけ。

——へえ、うだって就活のこととかちゃんと考えてんだ。

——ちゃんとお金稼いで、ひいちゃん様が困ってたら一人くらい養えるよって言いたいから。

――結局先生のためじゃん。

栗林に指摘されて、宇内は悪戯《いたずら》を見つかった子供のような顔をした。

――だってさあ、ひいちゃん様にはずっと文学をやっててほしいだろ。お金とか生活とか気にしないで生きてほしいじゃん。

――重っ。

――それ、先生は何て言ってんの？

――先生には言ってない……。

宇内が縮こまる。

――そりゃそうか。

と栗林が言うと、他のメンバーも口々に勝手なことを言い始める。

――うだも自分の人生自分で考えた方がいいんじゃないの。

――でも惚《ほ》れた女のために身を持ち崩すとかじゃなくて、堅実な人生設計する方に行くならいいんじゃない？　その設計に先生が入ってくれないとしたって損はしないもんね。

――弁護士とか向いてなさそうだもんね。

真砂が言った。

――えーそう？　熱血人権派弁護士とか似合いそうじゃね？

――いやー、つらい話聞いたらすぐ泣いちゃうでしょ、うだは。弁護士って絶対社会の闇見ちゃうよ。

たしかに、という声が上がる。

窓の外では桜が散っていた。泡が水面へと昇っていくように。

「相変わらず仲良いな」

栗林が茶化すと、

「いや、仲良いってほどでは」

と慌てるとこも変わっていない。

「あとほら、水無瀬も協力してくれてさ。ほら、俺もひぃ様も演技指導とかできないから。水無瀬は地元だし」

「あいつ何で地元残ったん？　成績よかったのに」

「実家出たくないんだって」

ブラコン、と栗林が笑う。

「で、去年さ、コロナ禍一年目に入学した子たちももう三年生だってことで、ようやく色々緩和されたし、なんかやりたいねって話をして」

他校の演劇部も巻き込んで、小さな演劇祭のようなものを開いたという。演劇祭って言うほどのものではないんだけどね、ハコも小さいし、とはにかみながら。

「で、それがよかったから、今年もやろうってなって。それの一環として、うちらが三年生の時にやった『姫と人魚姫』を再演するっていう案があるんだよ。あんまり他人の舞台観る機会もなかったからさ、彼ら。もちろんこっちの大学に来てる人が多いから、地元組とこっち組で集まって稽古するのもなかなか大変だろうし、みんな忙しいだろうけどね。でも俺あの劇好きだから、なんとかしてもう一回できないかなと思ってるんだ」

眞青は窓の外に向けていた視線を宇内に戻す。

「呼ばれたから来たけど」眞青は気乗りしない口振りで言う。「主演は他をあたって。私はもう人魚姫はできないから」

「何で？」滝上がまっすぐに眞青の目を見て聞いた。

「……見ればわかるでしょ」

「何で？」

眞青 @blue_moon_light 2023-03-18 23:35

あのときのわたしは　人魚姫は希望に満ちてくらい海を出ていったのだと信じた
王子だろうと王女だろうとそれは希望の象徴にすぎず　肉にナイフを刺し込もうとも

「言ったでしょ。女の子、やめちゃったから」

「真砂にとって、女の子ってやめようと思ってやめられるものじゃないんじゃないの?」

栗林が言う。「わしだって女の子やめようと思ってやめたりできないけど、真砂は違うの?」

「……そう、だね。自分の意思でやめたりなったりできるものではないね。雑な言い方をした。女の子として生きようとすることをやめちゃった。今はね、男のふりしてる。でもそうやってふりしてるうちに、自分のことほんとうに男だって思い込めないかなって、思ってる」

「真砂は、」と宇内は言いかけて、「真砂って呼んでいいのかな」

「どっちでも構わないけど、今の名前は、いちおう、〈眞青〉——って」と、空に字を書きながら、「旧字体で真っ青って書いて、〈マサヲ〉。いや、戸籍名は変えてない。大学って広いから、勝手に通称名乗ってもあんまりばれないなって気付いて。これだと、今の格好でこの名前呼ばれてるの他人に聞かれても、あれって思われないし、〈正しい雄〉の方で呼ばれててもさ、〈真っ青〉の方で呼ばれてる気持ちになれるから」

「眞青は」

宇内は几帳面《きちょうめん》に言い直す。

「聞いていいのかわかんないんだけど、」

「いいよ」眞青は宇内を制する。「高校の時はさ、大学入ったらなるべく早くホルモン治療始めて、手術もするって言ってたもんね。謎だよね」

眞青 @blue_moon_light 2023-03-18 23:43
わたし　は　あのとき人魚という中途半端なありようから完全体のにんげんにおのれがtransformしてゆくのだとしんじた　あるべきありようがようやく実現するのだと　わたしがずっとそれであったところのものにようやくなれるのだと

「大学入って、出会ったんだよね。お姫様に」

宇内の眉が八の字になった。

「それって——女の子を好きになったから、自分は女の子じゃない、っていう——?」

「違う、違うよ。そうじゃない」

眞青は笑う。

「女の子が好きな女の子は男の子じゃなくてレズビアンだよ。それくらいわかってる。トランスジェンダーだったら、トランスジェンダーのレズビアン。

でも、彼女に対する気持ちは恋愛感情ではないと思う」

眞青 @blue_moon_light 2023-03-18 23:55
いまのわたしはたったひとりの王女のためにすべてを捨てて陸に上がってきたおろかな人魚で　こんなところで生きられるようにつくられてはいないのに

聞いたときに。

「憐れみ、って言ったでしょ、ヒカリ先生。どうしてミアがマルグレーテに惹かれたのか……私のもそれだった」

榊葉月《さかきはづき》は不思議に不幸そうな女の子だった。整った見た目と適度に洗練されつつ尖りすぎないファッションセンスがあって、ほどよく快活でほどよく控え目で、人当たりがよくて親切で、真面目で成績もよかった。狭い世界の中で、たやすく「わたしがほしいものを全部持ってる女の子」になるタイプの子だった。それなのに、彼女からは、洗っても洗っても消えない体臭のように、強烈な不幸の臭いが漂っていた。

人好きのする性格と見た目で、誰ともすぐに仲良くなれるのに、付き合いの長い友達がいないらしいのも不思議だった。友達らしい相手はすぐにできるのに、しばらくすると一人また一人と彼女のそばから姿を消すのだということが、次第にわかってきた。それでいて悪い噂《うわさ》が立つとか、誰かが熱心に悪口を言うとかいったことも、眞青の見ている範囲ではなかった。

葉月が〈彼氏〉といるところをはじめて目にしたときに、ああこれだと思った。医学部生だという、社交的で愛想がよくて、傲慢さと傷付きやすさが垣間見《かいまみ》える男の子。おどけた話しぶりの中に攻撃的な言葉が閃いて、その刃先はたいがい葉月に向かっているのだった。彼の前では、葉月は儚《はかな》げで、捉え難く見えた。

「そんな男とは別れろって言いたかった。あなたのこと全然大事にしてないそんな男、あなたにふさわしくないよって言いたかった」

「何で言わなかったの?」

「私は女の子だから」

宇内がまた変な顔をする。

「私が男だったら、そんな男やめて私にしなよって言えた。でも彼女をそいつと別れさせたところで、私が彼女と付き合うことはできない。彼女は、まあたぶん根っからの異性愛者《ヘテロセクシュアル》。私を恋愛対象として見ることはない。別れさせた責任を持つことができないんだ」

「責任なんてある?」

「責任っていうかさ。その男と別れても、結局他のくだらない男と付き合うだけで、何も変わらないでしょ。私ではその男の代わりになれないから。私は彼女を救えないんだよ」

「恋愛関係になるのが全てじゃないだろ。友達として支えてあげるとか、できるじゃん」

「できないんだよ」眞青は言った。「できない。私には。私は一生、自分ひとりを支えるので手一杯の人生を送るだろう。性別適合手術を受けるには相当の額がかかる。ホルモン治療も一生続けないといけない。そのたびにお金が要る。その一方で就労差別もある。マイノリティは鬱とか精神疾患にもなりやすい。だからトランスジェンダーの貧困率はシスジェンダーよりはるかに高いんだけど、どうやって医療費を捻出しろっていうんだろうね？　それだけやって手に入るのは、トランス差別と女性差別を二重に受ける立場なんだから」

私は、誰かを支える立場には一生なれないんだ。

私が私である限りは。


トランスジェンダーは就職に際して差別を受けることが多い。新卒の時に就活に失敗することはこのくにでは致命的だ。だから、就職活動が始まる前に性別適合手術を受けるつもりだった。

ほんとうのところ眞青にとって、手術は必須のものではない。けれど、戸籍上の性別を変更するためには手術を受けなくてはいけない。戸籍上の性別変更まで済ませて、完全に社会に埋没した状態で就活に臨むのがベストだろう。

もし就職後に性別適合手術を受けたくなっても、そのために長期の休暇を取るのは困難だし、同じ職場にいる間に戸籍上の性別が変わるとなると、上司などにはカミングアウトせざるを得ない。そうなるとアウティングの危険が伴う。せっかく得た職場で差別を受け、最悪の場合は仕事をやめざるを得なくなる。

性別適合手術を受けるには成人している必要があり、その前に一年程度のホルモン治療を受けていることが推奨される。ホルモン治療を受けられるのは原則として十八歳以上。就活は大学三年から始まるから、一刻の猶予もない。

その上、高二から受けている二次性徴抑制療法は、二年程度で中止するか、ホルモン治療に移行するかの選択を迫られる。二次性徴抑制療法は可逆的なもので、中止したら男としての二次性徴が進行してしまうので、すぐさまホルモン治療――望む性の性ホルモンを投与する――を開始しなくてはいけない。

性別適合手術は健康保険が適用されるが、ホルモン治療は保険適用外であり、保険外診療と保険診療を組み合わせる場合は全体が保険外となる。しかし性別適合手術はホルモン治療を受けていることを前提としている。つまり、性別適合手術に保険を適用するのは事実上不可能であり、二百万近い医療費がすべて自己負担となる。

総合すると、大学受験が終わったらすぐにホルモン治療を受け始めるとともに、バイトを始めて手術費用を貯《た》める。それしかなかった。

これ以上両親に経済的に頼ることは考えていなかった。裕福でもないのに、遠くの病院まで送り迎えして、高額な二次性徴抑制治療の費用を文句ひとつ言わずに出してくれたのだ。充分すぎるほどだ。

眞靑 @blue_moon_light 2023-03-19 00:07
いま　の　わたしはそれを transform と呼ぶべきではないようにかんじているわたしは　ずっとそれであったのだから transform ではない　ひとびとはその点についてまちがったかんがえをもっているわたしたちが trans してここにくるのだと

都市部ではじめての一人暮らしをしながら、二年の間に二百万円を貯めなければいけない。家賃と生活費も稼がなくてはいけないし、奨学金をもらい続けるだけの成績は維持しなくてはいけない。ここで躓《つまず》いたら自分の人生は終わると思った。

Twitter で知り合ったトランスの人たちは、バイトに注力しすぎて留年したり、多忙と焦りから心身の調子を崩して休学したりしていた。それらをすべて回避して、留年もせず体も壊さず、在学中に手術費用を貯めなければならない。それができなければ就職ができず、お金がないから性別変更もできず、性別変更ができないから就職できないという悪循環にはまるだろう。多くの先人たちと同じように、多分鬱になるだろう。それによって更に医療費がかさむだろう。貧困と差別によっていっそう健康を害し、不健康と貧困が更なる差別を呼ぶだろう。トランスジェンダーの自殺未遂率はきわめて高い。

地元の大学に進学し、実家暮らしをしながらバイトをするという選択肢も考えてはいた。その方が家賃も生活費も安上がりだ。友達と遊びに行くとか、かわいい服を買うとか、そういった楽しみを全部我慢しなければならないことには変わりはないにせよ、貯金は楽になる。ただ、トランスであるというだけで大きなハンデがあることを考えると、少しでも「いい大学」に行き、有利な条件で就活に臨んだ方がいいように思った。

雲行きが怪しくなってきたのは、両親に性別適合手術の話をしたときだ。応援してくれるものと思っていた。「まあちゃんがまあちゃんらしく自由に生きられるためなら、いくらでも協力する」とつねづね言っていたのだ。

けれど二人は、手術には反対した。

——まあちゃんはまあちゃんでしょ。男か女かのどっちかに自分を無理にあてはめることなんてない。手術をしてまでなんて……。

——お父さんはまあちゃんを誇りに思ってる。男でも女でもない、男でもあり女でもある、特別な存在だと思ってるんだ。まあちゃんはこの世にたった一人しかいない存在だ。周りに合わせて自分を変える必要なんてない。

——まあちゃんみたいな子には、社会を変えていく使命があると思う。男の子が女の子らしくたってていいでしょ。女の子らしいからってほんものの女の子にならなきゃいけないっていうのは、女の子は女の子らしく、男の子は男の子らしくっていうルールに従って生きることにしかならない。でも今は、女の子らしくとか男の子らしくとかって時代ではもうないじゃないの。自由に生きたらいいと思うの。

——自分が何者かなんて、流行《はや》りの言葉に合わせて理解したつもりになるものじゃないよ。男とか女とかトランスジェンダーとか、そういうカテゴリに自分を閉じ込めるんじゃなくて、まあちゃんは他でもないまあちゃんとして、自由に生きてほしいんだ。

二人は性別に囚《とら》われない生き方をしてきたはずだった。しかし眞靑がどちらかの性別に収まってしまったら、男らしくない男、女らしくない女としての、自分たちの生き方が否定されるのではないかと、恐れているようにも見えた。

これ以上一緒に暮らしていると両親を憎んでしまうのではないかという恐れが、家を出る後押しになった。

眞靑 @blue_moon_light 2023-03-19 00:23
わたし（たち）は何をも渡ってこなかった越境してこなかったのだ　でもわたし（たち）のなにか（身体？）は向こう岸にいてはなればなれだった　わたし（た

ち）はわたし（たち）のなにか（身体？）を呼び寄せなければならなかったのだ

眞青 @blue_moon_light 2023-03-19 00:33
海を渡ってきたそれらはあなたがたに会いに来たのではない　あなたがたを騙しあなたがたの間に入り込むために来たのではないただ　わたし（たち）に会いに来たのだ

そして大学生活が始まる直前に、パンデミックが起きた。非常事態宣言が発令され、家から出ることもままならず、大学の授業はすべてリモートになった。バイトを探すどころではなかった。

友達も知り合いもいない知らない街で、狭いワンルームに閉じ籠り、ただ一人きり、パソコンのモニターに向かうだけの日々だった。

両親からは、どうせリモート授業なら実家に帰ってこないかと言われた。子供が都市部から帰ってきたら一家が白い目で見られるよ、と答えたのも本心だったけれど、正直なところを言えば。両親とともに閉塞的な環境に籠ったら、取り返しのつかない亀裂が入りそうで怖かった。

その間、病院に通うこともできなかった。「不要不急」の医療行為の多くがストップした。二次性徴が再開した眞青の背はみるみる伸びて、声は低くなった。顎にはまばらに鬚《ひげ》が生え出して、剃《そ》るたびに肌がざらついていった。剃刀《かみそり》を手にするたび、鬚だけでなく肌までも削《そ》ぎ落としたいような気分になった。何をどこまで削ぎ落としたらほんとうの自分が取り戻せるのかわからなかった。

高校の時のジャージを着て家に籠っている間に、今の自分にはもうスカートが穿けないと思うようになっていた。高校の時に買った数少ない私服はどれもサイズが小さくなった。そうでなくても今ではもう「男が女装している」ようにしか見えないと眞青は思った。

身体への違和は少ない方だと眞青は思う。いや、身体そのものに対しては馴染めなさを感じているけれど、特定の部位を切除したり、あらたな部位を作ったりすることにはさほど興味がない。どちらの性別の性器も別に要らないが、あったところでそれが自分を決定するとは思わない。眞青はただ女性として――あるいは男性でないものとして生活できればそれでいい。ただ「男の出来損ない」とか「偽物の女」と見なされるのは耐え難い。目立ったり穿鑿《せんさく》されたり不審者扱いされたりせず、普通に暮らしていくには、やたらに誇りを傷付けられることもなく、自活して生きていくには、結局は「ちゃんとした女性」に見える必要がある。そのためには見た目は重要だった。「男っぽい」見た目に変化していく自分を、眞青はまるで、怪物の孵化《ふか》を見守るように、見つめていた。

一年が経ち、対面授業が部分的に再開されると、眞青はまず何を着たらいいかに悩んだ。

手持ちの服ではもう外に出られなかったから、通販で「ジェンダーレス」や「ユニセックス」を謳《うた》っているファストファッションブランドから、ぎりぎり「ボーイッシュな女の子」に見えなくもないようなプルオーバーとワイドパンツを買った。自分の身体の大きさを把握していなかったから、サイズは適当だった。

その格好をして、バイトを探しに行った。履歴書の性別欄に悩んだが、「男」を選ぶしかなかった。ただでさえバイトの口は減っているのに、少しでも不審な印象を与えてしまったら面接には通らないだろう。

何とかコンビニのバイトの口にありつき、短期のバイトや日雇いのバイトにも登録した。もう一年を無駄にしてしまったと、焦ってバイトを詰め込むと、当然ながら成績は落ちた。バイトを減らすよう両親から電話が来た。何のためにバイトをしているかは秘密にしていた。奨学金が打ち切られないよう、眞青も必死だった。睡眠時間を削り、食費を切り詰めた。

大学の保健センターで、鬱状態にあると告げられた。

世間ではトランス差別がますます激化していく。トランスジェンダーだとばれたら性犯罪者を見るような目で見られる。特に、性別適合手術を受けていないトランス女性は。女性の格好をして人前に出ることがとても不可能に思えた。

両親は、性別適合手術やホルモン治療を受けた子供が大人になって後悔する、といったデマ記事のリンクを送ってくるようになった。

足元に深淵《しんえん》が開けている気がした。

そんな自分が、他人を救いたいと思ってしまった。恋愛感情ではないから恋人にはなれない。同性だから配偶者にはなれない。トランスジェンダーでその上鬱を抱えているから、支え合う友達にはなれない。

眞靑 @blue_moon_light 2023-03-19 00:42
それらは相変わらず他者で　ただすこしは親しくなれる可能性のある他者というだけ

眞靑 @blue_moon_light 2023-03-19 00:46
Transform?　しかし form を変えるという点ではまちがっていないのか　わたし（たち）に会いに来る旅のあいだにそれらは変わることもあるそれだけ

「だったら、男になるしかないのかなあって思ったわけ」

手術を諦め、ホルモン治療もやめれば、がむしゃらに金を稼ぐ必要はなくなる。大学での勉強に力を入れ、いい成績を取り、男として就職活動をする。男性ならば女性より就労条件はいい。シスジェンダーならばトランスジェンダーよりも周囲との軋轢《あつれき》が少ない。

男性ならば、この不景気でもなんとか誰かを養えるか、でなくても相手に少しは楽をさせられるような収入を得られるかもしれない。異性ならば法的な婚姻ができて、税制上の優遇措置が受けられるし、世間からも変な目で見られない。そうなってはじめて、葉月を迎えに行ける。

誰かと一緒に生きていくなら、自分だけが相手に負担をかけるのは嫌だ。一方的に養われるのは嫌だ。相手が損をしたり、相手までが差別を受けたりするのも嫌だ。鬱の、トランスジェンダーの、女性のままで、葉月とともに生きていくことはできない。

眞靑 @blue_moon_light 2023-03-19 08:14
しかしわたしにとっての transform はむしろいまおこなわれている　わたしはこれまでずっとそれであったところのものを捨ててちがうものになろうとしているのだから

「都合のいいときだけ女の子になって、飽きたら男に戻れていいよねって思った？　男として就活できてずるいって思った？」

「思ってないよ」宇内が即座に否定する。

「思ってるでしょ。女の人はみんな思ってる。トランス男性は自分だけ女性差別を逃れようとしてるんだとか、トランス女性は女性差別を経験してないんだから真の女性にはなれないとか。〈男〉として生きようとしたって、〈男〉らしくないと見なされたら男社会に居場所がないから、ずーっと息を潜めて尻尾出さないように男のふりしてないといけないし、〈男でも女でもない、得体の知れないなにか〉って見なされたら社会に居場所がないのにね。中性的とかジェンダーレスとか流行ってるからちやほやされたくてトランスするんだろってみんな言ってるけど、よっぽど容姿がいい場合で、芸能界か水商売の世界の話だよ」

「俺たちはそんなふうに思ってないよ」

宇内は釣りこまれたように声を張り上げたかと思うと、自分の声の大きさに身を竦めた。

眞青は座席の背に頭を預けて目を閉じ、深呼吸した。

やってしまった。自分のありかたすべてに対して、顔の見えない〈みんな〉の否定的なまなざしが張り付いてしまって、何をするにも虚空に向かって反駁《はんばく》し、弁明し、終わらない論争をいつまでも続けては疲れ切っていた、その虚空に宇内たちを代入してしまった。

謝ろうとすると、

「ごめん」

先を越された。目を開けると、宇内は俯いたままだった。

「この三人がそう思ってないからって、そんなのあんまり意味ないよな。〈みんな〉がそう思ってるって眞青が感じるくらい、たくさんの人がそういうことを平気で言うってことだよな。眞青の前にはそういうのが立ち塞がってるんだよな。ごめん、俺、わかってなくて」

「いや、うだは悪くない。八つ当たりした。ごめん」

眞青 @blue_moon_light 2023-03-19 08:20
あなたがたはそれをきっと人魚姫の人魚の国への帰還とみなす　放蕩《ほうとう》息子の帰宅
けれどわたしにはこれが人魚姫の絶望的な旅立ち　一足ごとに足の裏はするどいナイフに突き刺されて血を流す

葉月とはじめて出会ったのは、一年目の春学期、「社会科学入門」の授業の時だった。出会ったと言ってもリモート授業で、内気な学生たちはみな教員の再三の呼びかけにもかかわらずZoomのカメラをオフにして顔も見せず、指名されなければ発言しなかったから、二十名ほどの受講者はほとんど、画面上に並ぶ黒い四角の中の名前としてのみ存在していた。

眞青はZoomに表示される名前を〈あさくら〉だけにしていた。入学したら通名使用の手続きをするつもりだったのに、大学はパンデミックでそれどころではなさそうだ。

授業の課題としてグループワークが課されたとき、眞青は葉月と同じグループに入れられた。四人のグループはZoom上で顔合わせをした。顔合わせと言っても、この時も誰ひとりカメラをオンにしなかった。

「えーと、どうする……?」

しばしの沈黙の後、榊葉月が口火を切った。

誰も面倒な役回りを引き受けたくないらしい、という気配を感じ取って、眞青が仕方なく口を開いた。

「まずテーマ設定なんだけど」

眞青が議長役を買って出ると、葉月が自然に書記兼補佐役に納まった。顔の見えないZoom会議で、相手がほんとうにそこにいるのかもわからないまま言葉を暗闇に垂れ流す不安を、葉月は適切なタイミングで拍手の絵文字や笑顔の絵文字を投入することで和らげてくれた。眞青の言葉が足りないところはすぐに葉月が補足をし、他の二人にも柔らかい言葉で発言を促しつつ、きれいなレイアウトで議事録や分担表やスケジュール表を作り、資料置き場はここで、と共有フォルダを作成してURLをチャット欄に貼り、LINEグループを作り、と同時にいくつものことをさりげなくこなした。リーダーシップを取る気質ではないけれど、気遣いが細やかで頭の回転が速く、労を惜しまないのがわかった。

その後も、LINEグループで連絡をすると、葉月だけはすぐに返信し、頼まれた調査もすぐに終わらせて成果物を返してきたが、残りの二人の反応は鈍かった。

二回目のZoom会議に、一人は出席せず、一人は用事があると言って途中で退出した。

「この二人の分担のところ、どうする？　ちゃんと進めてるのかな」

眞青が不安がると、

「わたしが個別LINEで念押ししてみるね」

葉月が答えた。

「助かる。人に催促するの、苦手なんだ。得意な人はいないと思うけど」

「催促するの得意って人、ちょっと怖いでしょ」

「借金取りの才能があるよね」

葉月の笑う声がイヤフォンを通して耳に流れ込んできた。

あー、めんどい、と眞青が呟《つぶや》くと、めんどいねえ、と葉月が同意する。春のひだまりの中の泉のような、やわらかくきらきらとした声だった。ネガティブな感情を否定せず、しかし愚痴の言い合いでネガティブさを雪だるま式に増幅させるのでもなく、ふわりと包んでなにか明るいものにして返すことに長《た》けた声だった。

二人は作業をしながら、夜中まで通話を続けた。大学慣れた？――リモート授業どう？――あれって先生たちも勝手わかってないんじゃないの――履修これでいいのか不安なんだけど――何コマ取ってる？――うちの学生に感染者出たってほんと？――
イレギュラーなことだらけの大学生活で、はじめての友達ができた。

残り二人のメンバーには葉月が粘り強く催促を続けていくぶんかの成果をもぎ取ってきたが、結局課題の大半は二人で終わらせることになった。時間も手間もかかったが、眞青は残りの二人がいなくなってよかったとさえ思った。本来だったら他愛もないはずの大学生活の話題を共有できる相手が他に誰もいない中で、葉月のものやわらかな話し声は眞青の不安と孤独を吸い取ってくれた。

ある時、葉月のものらしきInstagramのアカウントを偶然発見した。変化のない、監禁されたようなくらしの中で、葉月はネイルやコスメ、お菓子、読みかけの本、窓から見える空など、ささやかなものに愛おしさを見出《みいだ》して写真に収め、やわらかいフィルターをかけていた。添えられている言葉も、涼やかで気取りがなかった。学んでいる内容に触れた投稿や、読んだ本の要約などもあり、こんな状況でも前向きに勉強を楽しんでいるさまがまぶしかった。遡っていくと、彼氏とのツーショットなども出てきた。

眞青は高校生の時に作ったTwitterアカウントを持っていた。同級生の演劇部員のほか、顔も知らないトランスジェンダーの人たちとつながっていた。

眞青は葉月をフォローするためにInstagramのアカウントを作った。葉月もすぐに気付いてフォローを返してくれた。葉月を介して、同じように友達ができずに困っている大学の新入生たちとつながることもできた。

しかし、ストーリーズの方には、時に陰のある言葉が漂っていた。理由のわからない不幸の臭いに、眞青の胸はざわついた。「親しい友達」だけが見られるストーリーズが追加されたという印に、葉月のアイコンが緑に縁取られると、きっと憂いのある投稿だろうという不安と、それを自分は「親しい友達」として見ることを許されているという密かな幸福に揺れた。

――家族としか会っちゃいけないなら、家族になっちゃいたい。

小さくそう書かれていたのは、彼氏のことだろう。

対面授業が再開されてはじめて顔を合わせたとき、葉月は目を丸くして、朝ちゃんって男の子だったんだ、と言った。

朝倉、くん、と言い直そうとするのを遮って、そのままでいいよ、と眞青は笑った。

「なんか、話しやすいから勝手に女の子だと思ってた」

眞青 @blue_moon_light 2023-03-19 09:16
ガラスの　靴に　合わせて　削って　足を

感染症の波がいったん収束した隙に、葉月は彼氏と同棲《どうせい》を始めた。会う約束をしているのに、几帳面な葉月に似合わず、連絡もなしに約束に遅刻してくることが多くなった。LINEにしばらく返信が来ないことが増えた。

「彼氏にスマホ見すぎって言われちゃったから、ちょっとデジタルデトックス中なの」

聞いてもいないのに、葉月はそう言った。

早く家に帰って彼氏の分まで料理を作って待っていないといけない。彼氏に反対されたから遊びに行けない。彼氏に言われてSNSのアカウントを全部消した。彼氏が＊＊ちゃんのこと嫌いだからあの子とはもう会わない。家で勉強をしているときに話しかけられて上の空で返事をしたら、教科書を捨てられた。

そういったことを、葉月は何でもないことのように、あのやわらかい声で笑って話した。断片的な話しか知らないが、どうやら中学生の時に教師と付き合っていたことがあるらしいとか、高校生の時に当時の彼氏に蹴られて怪我《けが》をしたことがあるらしいということもわかってきた。

自分に、何ができるだろう。そんな男と付き合わないでと言ったところで、何になるだろう。

自分では駄目なのだろうか。そんな男に時間を費やし、人生を費やすくらいなら、自分の隣にいてほしい。自分を選んでほしい。

今の自分がそんなことを言ったところで、何になるだろう。


「それで、その子のために自分を捨てることにしたのか？」

滝上は呆《あき》れたような口振りだ。

「ヒカリ先生、憐れみって言ったくせに。目の前で不幸になっていく他者を放っておけない気持ちって」

「別に僕は登場人物の気持ちがわかると言った覚えはないよ。そして君はその動機が理解できないとあの時言ったけれどね」

「今はわかるよ」

「自己犠牲って、される側もしんどいだろ。他人が自分のために勝手に自己犠牲を払ったら、相手の分の人生まで背負って生きなきゃいけなくなる」

「相手には秘密にするもん」

「そんな大事なこと隠したまま、相手と一生添い遂げるつもり？　どっかで自分の選択を後悔したとき、相手のせいにしないって言えるか？　人間はみんな自分の人生しか生きられないんだよ」

でも自分の気持ちを、宇内ならわかるだろう、と眞青は密かに思う。

滝上の家はシングルマザーで、母親は大学を中退していると聞いた覚えがある。滝上は成績優秀で学費免除になって、ようやく大学に行けた。この先、普通に就職してうまくやっていけそうにもあまり見えない滝上は、どうやって生きていくのだろう。

大学受験の時から、宇内はとうにそこまで考えていたはずだ。

「まあ、そこまで言わなくても」と案の定宇内が止めに入る。「俺も、眞青には自分の生きたいように生きてほしいと思うけど、何が本人にとってベストかは外野が決められることじゃない」

「そういうわけだから」と眞青は話を戻す。「わかったでしょ。演劇祭の件は協力できなくてごめん」

そう話を切り上げようとすると、

「それは話が別じゃないの？」

滝上は食い下がってきた。

「女子として生活してなくても、舞台上では関係ないだろ。高一の時から、眞青は女の子の役をやってたんだろ。日常では男を演じてる女が女を演じる。その時と同じだろ」

「先生はその舞台見てないでしょ。あの時とは身体も随分変わっちゃったし――」

「関係ない。男として暮らしてる男が女を演じたり女として暮らしてる女が男を演じたりもしてるんだよ」

「……考えておく」

あの時、人魚姫の役を演りたかったのは、ほんとうは脚本が気に入ったからでも、人魚姫に共感したからでもなかった、と眞青は思う。

自分は、ヒロイン役を勝ち取って、証明したかったのだ。自分が〈女の子〉であることを。文句のつけようのない、完璧な〈女の子〉であることを、認めさせたかったのだと思う。


「でもまあ、僕もうだが突然男と結婚するとか言い出したら、式場を燃やしに行くくらいはしてやるかもな」

しばしの沈黙の後、滝上が突然そう言い出したので、

「え、何の話？」と宇内が動揺する。

「さっき眞青が言ってた、目の前で不幸になっていく他者を放っておけるかって話。なんかおまえって、そういう明らかに自分を不幸にするようなことを突然やらかしそうじゃん」

心外そうな宇内をよそに、栗林と眞青は「あー、わかる」「わかる」と言って笑い出す。

「結婚式で花嫁攫《さら》う展開だ」

栗林が愉快そうに言うと、滝上は、

「いや、攫ってはやらないよ」

と否定する。

「一人で生きろって叱咤《しった》して帰る」

「何それ」

「火まで放って？」

「うん、ガソリン持ってってって。全部燃やして、一発殴って、目覚まして自分の足で立てって言って置いてくるよ」

「ひどい」

「ひどくはないだろ。人が人にしてやれることなんてそれくらいだろ。自分の人生を自分で不幸にしようとしてたら火くらいは放って止めるけど、そいつの人生からそいつを連れ出してやることなんて誰にもできないんだから」

「頼もしいな」宇内は笑っている。「そうなったらよろしく頼む」

「結婚するときは招待状送ってくれよ」

滝上はそう言い、

「君たちもね」

と眞青と栗林を睨んだ。

「午前中に起きたからねむい」

と言い残して滝上は窓に凭《もた》れて眠りはじめ、栗林の頭もぐらりと落ちて眞青に向かって揺れた。

眞青はスマートフォンの画面に目を落とす。デジタルデトックスだと言っていた葉月は、近頃ますます返信が鈍くなった。向こうから返信が来ないうちは重ねて連絡しない、という自分の中のルールを破って、「春休みひま?」というLINEを送ったのに、三月になっても既読すらつかない。

宇内もスマートフォンで誰かに連絡を送っている様子だったので、そっとSNSアプリを開いた。

眞青 @blue_moon_light 2023-03-19 11:13
わたしには　ことばがない

眞青が書き込んでいるのはTwitterではない。それと似たような機能ばかり備えた、小規模な後発サービスだ。

インターネットは顔も見えなければ声も聞こえず、自分の性別も他人の性別も気にしなくていいところが楽だった。けれどこの数年でTwitter上に苛烈なトランスフォビアが広がり、信頼できると思っていた人たちがごくカジュアルにトランスヘイト的な内容を投稿したりリツイートしたりする状況に、アプリを開くだけで気分が悪くなるようになった。Twitter上のみでの知り合いだったトランスの人たちの多くは、いつの間にか投稿が途絶えたり、アカウントごと消えたりしており、連絡先もわからない。生きていてくれればいいと思う。

Twitterのアカウントを削除した。Instagramは、葉月が戻ってきてはいないかとチェックする程度だ。

アカウントを消したら、声を失った人魚姫になったような気分だった。それでごく小規模なSNSのアカウントを作った。ユーザー数も少ないし検索性も低いので、知人に見つけられる危険性は低いとは思いながらも、自分がトランスであることはなるべくわからないように書くことしかできない。

自分が声を失った人魚姫だとしたら、何と引き換えに失ったというのだろう?

眞青（@blue_moon_light）のプロフィールには、一行、こう書いてある。
In moonlight, black boys look blue.
眞青というアカウント名に合うIDを探して、〈青〉がつく言葉を頭の中で転がしていたときに思い出したこのフレーズは、『ムーンライト』という映画の台詞だ。

舞台はマイアミの貧民街、登場人物は全員黒人。主人公シャイロンに、父代わりのような存在である男が、海辺で子供時代の話をする。——月の下、裸足《はだし》で走り回っていたら、年寄りの女が俺をつかまえてこう言った。

“In moonlight, black boys look blue. You blue. That's what I'm gone call you : Blue.”

(月明かりの下で、黒人の子は青く見える。おまえはブルーだ。あたしはあんたをそう呼ぶよ。ブルーと)

そうして、彼は言う。ほとんど唐突に。——おまえの人生はいずれおまえが決めなきゃいけないんだ。誰にも決めさせるな。

はじめて観たときには、そのつながりがわからなかった。タイトルがここから取られるほど、この台詞が重要であるわけも。

栗林は眞青に凭れかかっては、眠ったまま律儀に頭を立て直し、またぐらりと眞青に向かって倒れ込んでくる。

そのまま寝てていいのにね、と眞青は宇内と目で笑い交わす。

会いたくなかった。

彼女たちに会いたくなかった。自分の高校時代を知っている人たちに会いたくなかった。

自分のほんとうのかたちを知っている人たちに会いたくなかった。自分がどれだけ変わってしまったかを突きつけられるのが怖かった。自分で選んだはずの生き方を、しかし選択肢なんてなかった生き方を、後悔することになるのが怖かった。

会いたかった。せっかく得た友人たちに、自分の性別が世間が望むそれと一致していないだけのことで、二度と会えなくなるのが口惜《くや》しかった。


ローカル線に乗り換え、数十分。

都会に慣れてきた目には随分ちっぽけに見える鄙《ひな》びた駅に、不似合いにスタイリッシュな人影がひとつ立っていて、眞青たちを認めると「よっ」と手を挙げた。

アシンメトリーな黒いシャツに、黒いレザースカート、ヒールの高い黒のショートブーツ。指にはいかつい指輪が並び、つややかな黒髪をまっすぐに下ろしている。

「水無瀬、かっこよくなったなあ」

栗林が感嘆の声を上げた。

「これくらいやると男が寄ってこなくていい」

水無瀬が淡々と答える。

「こっちでそんな格好してたら浮かん？」

「おまえのその格好は向こうでも浮くだろ」

水無瀬は眞青を見てもまるで驚いた顔をしなかった。宇内が電車の中で送っていた連絡の内容に思い当たって、気の回る奴め、と思う。

「そういや、『ムーンライト』って映画」高校に向かって歩き出しながらふいに水無瀬が言うので、作ったばかりのSNSアカウントがばれているのだろうか、と眞青は身構えたが、

「ほら真砂がTwitterで書いてたじゃん、ずっと前に」

そういえばそうだった。

「あれ観たんだよ。面白そうだなと思って」

「お、どうだった?」

「なんかさ、主人公がお兄ちゃんに似てて」

「え、どの時期の? トレヴァンテ・ローズ?」

「いや、どの時期のとかじゃなくて、全体的に」

「どういうふうに似てるの」

「なんか、睫毛《まつげ》が長くて、伏し目がちで、目がすごいきれいで——んー、寡黙なところ」

あれは寡黙と言えるレベルではないのでは、と眞青は小さく笑う。シャイロンは何を聞かれてもほとんど押し黙って、自分の内面を言葉にしない。

「お兄ちゃん、何やってる人?」

「何やってるのかなあ。うちにはわからないことをやってるよ、多分」

眞青 @blue_moon_light 2023-03-19 11:19
わたし　には　ながいぶんしょうがかけない　ながいぶんしょうを担うだけの一貫した人格がないから　わたしは引き裂かれていて　ばらばらで　こなごな

黒人が〈ブラック〉なのは太陽の光の下でだけで、それはひとつの見方、ひとつの呼び方に過ぎない。月の光では黒人の肌は青い。だから〈ブラック〉ではなく〈ブルー〉と呼ぼう。『ムーンライト』の老女が言ったのはそういうことだ。

だから、他人にどう見えるかになんて惑わされるな、自分が何者であるかは自分で決めろ、と父代わりの男、ファアンは伝えたい。

黒人であり、貧民街の住人であるがゆえに受ける差別のことだけを意味しているのではない。

同年代の子供たちと比べて飛び抜けて体格の小さいシャイロンには、〈リトル〉という仇名《あだな》がある。〈ブラック〉という、ただ一人の親友（彼も黒人なのだが）からの、親しみを込めた仇名もある。それだけでなく、彼は〈ファゴット〉――「オカマ」とか「ホモ」という意味――と呼ばれて苛められてもいる。

苛められていることをシャイロンは口にしない。だからファアンもそのことには直接は触れないが、遠回しな子供時代の思い出話と、唐突に見える励ましの言葉を投げかけるのだ。おまえが何者かを決めていいのはおまえひとりだよ、と。

だから眞青も、月明かりの下、自分に自分で名前をつけていいはずだ。眞青、と。

「うだが法学部で、滝ちゃんが文だっけ」水無瀬が聞く。

「そう」

「日文？」

「いや、哲学科現代思想コース」

「じゃ、もう小説は書いていないの？」

と眞青が口を挟むと、

「書いてるよ。主に投稿サイトだけど」

と滝上が答えた。

「え、初耳」

「読みたい、何てとこ？」

と水無瀬と栗林が口々に言う。

滝上は渋い顔をするかと思いきや、あっさりと投稿サイトの名前と自身のＩＤを口にした。

待って待って、もう一回言って、と言いながら皆がスマートフォンを取り出す。アルファベットの羅列を口頭で聞かされて、皆がついていくのに苦労していると、先を歩いていた宇内が振り向き、「ほら」と言って、投稿サイトのページが表示された自分のスマートフォンを掲げてみせた。

眞青は通知を確かめた後で、小説投稿サイトを検索した。

「カガリビ……@kagaribitakibi……これで合ってる?」

眞青がスマートフォンを差し出すと、滝上が身を乗り出して覗き込む。手の甲までずり落ちてきた袖をたくし上げて滝上が画面をスクロールしようとしたとき、水無瀬がふいに、

「それ、何?」

という声を上げた。

滝上は手首に視線をやって、

「楽園の蛇」

自慢げににっと笑い、袖捲りの代わりに腕を軽く上げて振った。

そこに現れた図柄はたしかに緑色の蛇と見えたが、水無瀬が聞いたのはもっと手前の話であって、

「タトゥー……シール?」

と言い直すと、そこで問いを理解した滝上は、

「タトゥー」

と答えた。

「えっ気が付かなかった」

そう言いながら眞青が顔を寄せると、滝上の右手首を取り囲んでいるのは自分の尾をくわえた緑色の小さな蛇と、それと絡み合うかたちの花輪だとわかった。

「花と蛇だから、楽園の蛇って呼んでんの」

なぜか宇内が嬉《うれ》しそうに解説を挟む。

「他にもいるよ」

そう言って滝上は頭を右に傾けてみせる。まっすぐな髪が流れて、首筋に頭のふたつある爬虫類《はちゆう》が姿を見せた。尻尾は襟の下に隠れている。

同時に、耳たぶに並んだ無骨なピアスと、オリーブグリーンのインナーカラーが目に入った。

「『マッドマックス　怒りのデス・ロード』の冒頭で食べられちゃった、双頭の蜥蜴《とかげ》。僕の命をわけてあげてるの」

「その位置ならラリーとバリーを入れたらよかったのに」

よくわからない二人の会話は聞き流し、

「タトゥー入れたんだ」

聞かずともわかる問いを口にすると、滝上はますます自慢げに、

「高校の時から入れてるよ」

と答えた。

「うそ、知らなかった」

「ばれなかったの？」

「あ、この子たちじゃなくてね。もっと目につかないところに入れてたから」

「俺は気付いてた」

宇内が胸を張る。

「どういう関係だよ」と栗林が茶化す。

「でもうだも見てないやつあるもんね」

そう滝上が言った途端、宇内の耳が赤くなった。

「ぎりぎりパンツに隠れるところに入れたとき、うだに見る？　って聞いたら、すごい勢いで拒否されて」

「そういう話はさあ——！」宇内が悲鳴のような声を上げる。「言ったじゃんあの、あなた、危ないからさ人にそういう——」

「結局誰にも見せてないよお」

滝上が笑う。

「他の奴にも見せようとしたの？」

「え、駄目だった？」

先生、と言いかけてから、宇内は周囲の視線に気付いたらしく、ますます赤くなって、

「なんか今日、暑くない？」

おろおろと手で顔を扇《あお》ぎはじめ、

「そう？」

「ちょっと遅れてるから、俺先行くね」

言い訳がましく口にして、皆を引き離してすたすたと歩いていった。

「相変わらず仲良いねえ」と栗林がにやにや笑う。「付き合ってるの？」

揶揄われて不機嫌になるかと思いきや、滝上は平然と、

「付き合ってないよ」と答えた。

いつもの流れにいつものオチがついたと思ったら、

「毎回振ってるから」

と続いたので、皆が顔を見合わせた。藪《やぶ》をつついて蛇を出してしまった、という顔をしていた。

「え……それって」

踏み込んでいいのかいけないのかわからない様子で栗林が言いかけると、滝上はようや

く戸惑いの空気に気付いた様子できょとんとしていたが、

「へ、そういう話じゃないの？」

という言葉にかぶせるように栗林が、

「いやいやいやいや、本気で言ったわけじゃ」

と上擦った声を上げる。

「でもみんな知ってたろ、うだが僕に惚れてるのは」

「そういう『好き』とは思ってなくて、えっと、冗談で」

滝上が、やってしまった、という表情を浮かべて、突然宇内を追いかけて走り出した。

——おいうだ、すまない！

と宇内の背中に向かって叫ぶ声がこちらにも聞こえる。

——アウティングしてしまったかもしれない！

——勝手にしてください！

という宇内の悲鳴。

——君が僕に惚れてるってばらしてしまった！

——いいから！　みんな知ってるから！

——みんな知らなかったって……。

——じゃあみんなが鈍いだけだから！　土下座やめて！

「……仲のいいことで」

と気まずそうにつぶやいた栗林を、

「今のはおまえが悪いからな」

と水無瀬が睨んだ。


休日の学校には活気がある。そうだったなと眞青は思い出す。人の姿は少ないが、休日の学校にいる生徒はたいがい部活動のために来ているし、休日まで活動があるのは熱心な部ばかりなので、漫然と授業を受けに来る生徒たちの青い気怠《けだる》さが学校を覆っているような平日に比べて、空気はクリアで風通しがよい。グラウンドから、体育館から、屋上から、音楽室から、熱が立ち上って、しかし校舎のほとんどは空虚なので、さびれかけた遊園地のようでもある。

眞青たちも演劇部の稽古のために休日の学校に通ったものだった。廃墟《はいきょ》となった遊園地に亡霊たちが遊んでいるのを見るような、自分たちの方が亡霊であるような、そんな気もする。

「……うだ」

人気《ひとけ》のない廊下を、宇内は先に立って歩いていく。その隣に並んで眞青は声を潜める。

「なに」

「さっきの、女性同士だと結婚できないし賃金も低いしみたいなこと、うだに言うことじゃなかったかも」

「事実じゃん」宇内は苦笑いする。「別に眞靑のせいじゃないよ」

眞靑 @blue_moon_light 2023-03-19 12:15
人魚が人魚のままで生きていける場所があったとして　どうだったんだろうそれでも陸が好きだから陸に行くとか　海が好きで海で暮らすとか　どうだったのか知りたいよ

眞靑 @blue_moon_light 2023-03-19 12:24
陸が好きという気持ちだけで陸に上がれたらいいよね　ここでは生きていけない息ができないから出ていくしかないのではなくてさ　陸に上がってもなお足の裏を針で刺されるような痛みを感じ続けるのではなくてさ

顧問の松岡《まつおか》は、白髪交じりだった髪が不自然なほど黒くなっているほかは、三年前と変わっていなかった。

相変わらず現役の部員たちからも〈まっちゃん〉と呼ばれ、「僕が〈まっちゃん〉で、滝上さんが〈先生〉なの、おかしくないですか？」とぼやいていた。

眞青を見ても特に驚いた顔をしていなかったので、宇内は電車の中から彼にも連絡をしたのだろう。

演劇部員たちは春の新歓に向けての準備をしているところだった。見慣れた多目的室で、見慣れたジャージに身を包んでいるのが、一人残らず見たことのない顔であることが、眞青にほのかな目眩《めまい》を起こさせた。

宇内は昨年の演劇祭で部員と直接顔を合わせているらしいが、滝上と水無瀬はオンラインでしか会ったことがないらしく、「直接会うのは初めてだね」と近頃定番の挨拶を交わしている。

「えー、ヒカリ先生、実物、ちっちゃ！」

と部員たちから悲鳴のような声が上がる。

「現役部員からも〈先生〉って呼ばれてるの？」

眞青が小声で聞くと、

「こいつらのせいだよ」

滝上はうんざりした顔を作って、宇内と水無瀬の方を見遣った。

演劇祭についての話し合いの後、現役生と卒業生が交ざり合い、演技力を向上させるためのシアターゲームや、簡単な即興劇、演技指導などが行われる。

と言っても眞青は、先輩としてまともに指導できた気はしない。先輩役は宇内たちに任せて、ぼんやりと皆の様子を眺めていた。

この三年で自分の輪郭を失ってしまった眞青には、他者とどう関わったらいいかがわからない。だから演劇部のメンバーにも一度も会わなかった。

自分が自分の輪郭を見つけられたのは高校生の時だけだった。卒業生を迎えて浮き立っている高校生たちの中に、あの頃の自分がまだいるような気がする。

学校を後にしながら、眞青はまたスマートフォンに目を落とした。

いくつか通知が来ているが、葉月からのものはない。それでもLINEの画面を確かめようと、ロックを解除した。既読がついていないか確認するのは、今日だけで三度目だ。するとと見慣れないWebページが表示された。ややあって、それが先ほど検索した小説投稿サイトのページであったのを思い出した。

カガリビ（@kagaribitakibi）、と名乗る作者のページ。〈ひかり〉のもじりで〈かがりび〉か、と気付く。takibiという部分も滝上という苗字《みようじ》をもじったのだろう。

篝火《かがりび》、焚火《たきび》。その名前は滝上に似合っていた。ひかりという名前も似合っていないわけではないけれど、やわらかく明るい印象のあるその名よりも、同じ光でも深い闇をたった一人で照らし出そうと熾烈《しれつ》に燃える火の方が滝上らしかった。

作品リストを見ると、いくつかには「百合《ゆり》」や「バドエン」といったタグがついている。そのうちのひとつの詳細ページに飛んで、漠然とスクロールしてみると、コメント欄のトップに〈うみみる〉というユーザー名があった。さっき宇内が見せた画面の、上の方に表示されていたユーザーネームはたしか、と思いながら〈うみみる〉（@I_see_the_ocean）のページに飛んでみると、自分では作品を投稿せず、ひたすら〈カガリビ〉の作品にいいねとコメントをしていた。

宇内瑠実。るみ。みる。うみ。頭の中で音を転がしてみる。

〈瑠実〉という名前はそれこそ宇内には似合わなかった。下の名前で宇内を呼んでいる人を見たことがない。「瑠実ってがらじゃないんだよ」とぼやいているのを聞いたことがある。

滝上も宇内も、自分の名前を違うものにしたかったのだろうか、と眞青は思う。自分の名前が自分のものではないと、自分で自分を名付けたいと、みなも思っているのだろうか。

眞青 @blue_moon_light 2023-03-19 15:32
人魚姫の生きていける場所がないのは人魚姫のせいではない　海と陸しかないのがわるい

眞靑 @blue_moon_light 2023-03-19 15:36
人魚は　魚の半身と人間の半身を切り分けて　どちらかを選びどちらかを捨てるしかなかったのか

眞靑 @blue_moon_light 2023-03-19 15:40
（でもさあ無理にどっちかを選ばなくたっていいじゃんそのままの自分でいなよとか言われる方もあるんだよねうぜえ陸から水の中を覗き込んで溺れてるからって陸に上がらなきゃいけないわけじゃないよと諭してくるやつら）

飲み物来たよ、と言われてスマートフォンから顔を上げる。一同は学校の近くの古い喫茶店に場所を移していた。

紅茶や珈琲《コーヒー》やクリームソーダで乾杯すると、滝上と宇内はすぐに演劇祭の話題に戻る。

「うだはなるべくあの時の役者を揃えてもう一回やりたいって言ってるけど、僕はたとえば現役生と卒業生を半々くらいにしてやっても面白いんじゃないかと思ってるし。だから出られない人を無理に引っ張ってくることはないと思う。別に、同じものをもう一度やらなくてもいい」

「同じものにはならないよ。全く同じ役者でやっても」

宇内が反論する。「時間が経てば人も変わる。脚本への解釈が変わったり考え方が変わったりもしてるだろう。同じ公演は二度とできない。だからこそ面白いんじゃないの」

「なるほど。僕は脚本を新しくアレンジしてもいいんじゃないかと思ってたんだけど。一応台本を、中身は当時のままだけど、印刷し直して持ってきたのだけどね」

そう言って滝上が紙の束を鞄から取り出すと、

「うちも持ってきた」

と水無瀬がぼろぼろの台本を出して見せる。

「物持ちいいな。わしも探したけど、見つからなかった」

栗林が言う。

眞青の台本は実家に置いてあるはずだ。たくさんのものを、眞青は二度と戻れない場所に置いてきたような気がする。

ふと、水無瀬は家族と仲がいいのだな、と眞青は思う。先ほど〈お兄ちゃん〉について話していたときの、はにかむような様子を思い出す。

葉月と家族の話をしたことがある。

——あの子は結局、あたしのことを馬鹿にしてるんだよね。

珍しく棘を含んだ、それでも甘い葉月の声。

――色恋にうつつを抜かしてる、浅はかな女だと思ってるんだよ。

――そう？

気弱に疑問を呈してみたが、「そうだよ」という断定の声に首を引っ込める。

――頼んでもないのにアドバイスしてくる人って、無意識に自分が相手より賢いと思ってるよね。だって自分の問題って一番当人がわかってるわけだよ。一番判断材料を持ってて、一番向き合ってる時間も長くて、それでも解決できてないのはそれなりの理由があるわけ。それをちょっと聞いただけの他人が解決できるはずないの、普通に考えたらわかるでしょ。

あんな男とは早く別れろ、と語気を強くして忠告する同級生に、眞青は内心大きく頷いていたのだが、葉月の前で同意しなくてよかった、とひやりとする。

同意していたら、自分もこのように切り捨てられ、心を閉ざされていただろう。

いつもふんわりとした葉月の、毒のある言葉を耳にするまで距離を縮めることもできなかっただろう。

好きな人に嫌われること以上に、好きな人をひとりきりにするのが怖かった。

葉月のそばにいるうち、どうして彼女に友人らしい友人が少ないのか、わかってきてしまった。みな、疲れて去っていってしまうのだ。明らかに自分を不幸にしている彼女をそばで見ていることに。彼女のために何もできないことに。本心から、彼女のために告げる言葉がどれひとつとして彼女の心には届かないことに。自分が「あんな男」より明確に優先順位の低い存在だと見せつけられることに。

周りから人がいなくなれば、いっそう恋人に依存せざるを得ない。不健全な関係から抜け出せなくなる。だから、眞青はとにかく黙ってそばにいることにしている。

——朝ちゃんも、あたしのこと馬鹿だと思う？

不意の問いかけに、え、と間抜けな声を発してしまう。

——朝ちゃんも、あたしのことやばい男にばっかり引っかかる馬鹿な女だと思ってるの？

思ってないよ、と反射的に答える。

——でもほんとは良ちゃんのこと嫌ってるでしょ？　良ちゃんと別れればいいと思ってるでしょ？

思ったより深く追及されて、そんなことないよ、と上擦った声を上げ、それでは説得力がなさすぎると、

——誰と付き合うかは本人の自由じゃない？　他人があれこれ言う権利はないよ。

と付け加えると、それで納得したのか、もともと眞青の意見にはさして興味がなかったのか、

——恋は盲目って言うよね。

と突然話を変える。

――そうなのかもなとは思う。でも盲目にでもならなきゃやってられないことってあるじゃない？

そうだねえ、と眞青は曖昧に答える。

――鏡子《きようこ》ちゃんみたいな育ちがいい子にはわからないんだよね。

と、先ほどの同級生の名を挙げる。

葉月の方がよほど育ちがよさそうに思える、と眞青は戸惑う。父親が名の知れた会社のそれなりにえらい人で、葉月は何ひとつ不自由なく育ったのではなかったか。

――……とにかく家にいたくないって気持ちが。うちは実家こっちだから、大学進学を機に家を出るとかもできないしさ。同棲とか結婚くらいしかない。

なるほど、それで自分に対しては親近感を覚えているのだろうか、と眞青は思う。自分の家の話を詳しくしているわけではない。家族との摩擦について説明するには、自分がトランスジェンダーであることを明かさなくてはならないから。それでも、コロナ禍も落ち着いてきたと言われている今でも帰省していないところなどから、察するものはあるらしかった。

――うち、お父さんがとにかく外面《そとづら》だけはいいから、家族仲よくていいですねって言われるんだけどね。
眞青は胸の内で、それを葉月に対して言ってはいけない台詞のリストに収める。

眞青 @blue_moon_light 2023-03-18 23:30
海の底で暮らす人魚姫の眼がどうして矢車菊の青をしているのか　その眼は天のひかりに焦がれていたのではなかったか　からだは魚なのに　あたまは人間だった彼女は
↳眞青 @blue_moon_light 2023-03-19 16:16
では　わたしは　キマイラなのか?

眞青 @blue_moon_light 2023-03-19 16:21
わたし　は　引き裂かれて　ばらばら　の　キマイラ

眞青 @blue_moon_light 2023-03-19 16:24
あなたみたいに　ながいぶんしょうがかけたらよかったよね

「へー、滝ちゃん百合書いてるの?」

スマートフォンを眺めていた栗林が前置きなしにそう投げかける。

「うーん、タグは読者が勝手につけられるからな」

滝上は答える。

「何の話だよ」

「小説投稿サイトの滝ちゃんのページ見てたら、〈百合〉ってタグついてるから」

「でも作者である僕が削除していないから表示されているわけでもあるね。だけど僕には自分の書いているものが百合なのか、百合とは何なのか、わからない。狭義には女性同士の恋愛を描いた作品を指すことは理解しているけれど、何を以《もっ》て恋愛と呼ぶのかわからない、書いている僕は恋愛と思って書いているわけではないし、何を以て女性と呼ぶのか、僕の書いている登場人物が女性なのかそうじゃないのかもわからないことが多い。性別のない登場人物同士の恋愛じゃない話でも〈百合〉タグがつくことがある。それがいいことなのか悪いことなのかわからない。だからそのままにしてある」

いいことだよお、と栗林が言う。

「好きだよな、昔から」と水無瀬。

「好き。性別関係なく、他人の関係性を消費することが」

「こいつ反省してねえな」

「〈百合〉だと思われた作品は、僕の作品の中では伸びやすくて、このサイトはＰＶ数でちょっとだけど収益が入るから、収益の半分は同性婚法制化に向けた運動をしてる団体に寄付してる。僕自身は婚姻制度そのものが解体されるべきだと思ってるんだけど。あとの半分はワンストップ支援センターに」

眞青は思わず、ふふ、と笑いを洩らす。

「婚姻制度に反対なら、性的少数者全般を支援する団体に寄付した方がよくない？」

「そうなんだけどさ、たまにコメント欄が目に入って『この二人結婚してほしい』みたいに書いてあったりすると、せめて結婚できる世の中を作ってから言えよ、という気持ちと、結婚結婚うるさいなという気持ちが同時に湧き上がって、自分の矛盾を感じるから、引き裂かれたままでいようかなという気持ちになるんだよ。でも次から寄付先変えようかなあ」

「理解できない理屈だ」

「ヒカリ先生でも自分に矛盾を感じることあるんだ」

眞青は言う。

「あるある。まあこの場合、矛盾してるのは僕じゃなくて世界なんだけど。たとえばさ、タトゥー入れたりピアス開けたり」

そう言いながら、滝上は首を傾けてタトゥーを見せた。

「自分の体に加工を施すことによって、ようやく自分のものと感じられるようになっていく、っていう感覚があるのだけど」

わかる、と水無瀬が相槌を打ち、あー、あるね、と眞青が同意する。

「それって人間が自然を征服しようとするのと近いんじゃないかって僕は思う。精神が身体を従えようとするのって。その欲望を捨てるべきなんじゃないかと思う一方で、歴史上も、現在も、人間と自然、精神と身体の二項対立を、男性と女性に重ね合わせる見方って強くて、女性の方が、ナチュラル、自然体みたいなのを求められるよね。体に穴開けちゃ駄目だよみたいなこと言われるのも、女性の身体が家父長制の管理下に置かれるべきものとされているからで、ピアス開ける人が男性がメインだったら多分そんなふうには言われなかった。何が自然とされ、何が不自然とされるかの境界もほんとうはかなり曖昧で、都合よくあっちこっち動かされてる。っていうことを考えると、ピアスくらいがんがん開けたれという気持ちにも、なるわけだよ」

ちょっとついていけてないかも、と栗林が言う。

わかるような気がするなと眞青は思う。自然でない、とされていた以前の自分の体と、自然だとされている今の自分の体のことを考える。「不自然な」治療、「不自然な」手術、「不自然な」性別のこと、「自然な」成長や「自然な」生き方のこと。では自分にとっての「自然」とは何か？

けれど眞青には、自分の心を語る言葉が見つからない。今日はそれでもよく喋った、行きの電車の中で、この三年分くらい喋ったけれど。

眞青は滝上の饒舌《じょうぜつ》が羨ましくなる。ついていけないと言われようが、言葉にすることに疲れ切って、黙り込んでしまうことなど決してないような滝上が羨ましくなる。

何かを言おうと思うけれど、言葉が浮かばず、

「ヒカリ先生って、見えないところのおしゃれが好きなの？」

とりあえず気になっていたことを聞いた。

「ピアスとかいっぱい開けてるけど」

すると滝上はきょとんとして、

「見えるところもおしゃれだけど？」

とボタニカル柄のワンピースの裾を手で広げてみせた。

「これいいだろ。古着屋で千円だった、北欧《ほくおう》のブランドのやつ。環境に配慮したエシカルファッションの走りのブランドだよ。でかい植物柄が好きなんだ。森に覆われてるみたいな気分になるだろ。でも一方で、森に溶け込むような服装っていうと軍服の歴史があって、戦争なんか環境保護の正反対だよな。それと、最近エコロジーブームでボタニカル柄が流行ってるけどそういうのは安易だと思う。本気で環境問題に取り組んでないところがモチーフだけ取り上げるんじゃ意味ないよ」

眞青は自分に対して苦笑した。ゆったりとしたワンピースやカーディガンは、社会に適

応するためのふんわりとした「女の子」の鎧《よろい》であり、見えないところに潜ませたタトゥーやピアスやインナーカラーこそが滝上の「素」なのだと、勝手に考えていた。

「環境問題に興味あるの？」

「今の研究テーマがエコロジー」

「あれ、学部どこだっけ？」

さっき聞いたばかりのことを聞き直す。

「文学部哲学科だよ。エコロジーには生態学って意味もあるし運動としての側面もあるけど、思想としての側面ももちろんあって。というか何でも思想なんだけど。環境っていうのは何を指すのか、環境と人間は対立するのかとか。環境保護っていうと人間の利益のためっていう側面が強いけど、そうじゃなくてすべての生物は等しく生きる価値があるという考え方もあるし、環境のためには人間は滅びた方がいいだろうしね」

そう言われると、滝上の肌に躍る動物や植物の図柄と、その肌を覆う植物模様の衣服とは、同じひとつの世界観を作り上げているらしいということが何となくわかってきて、しかし専門分野の話にはついていける気がしなかったので、

「元から興味あったの？」

とつまらない質問をする。

「興味は。でも哲学科でエコロジーやってる人はあんまりいない。哲学科に進んだときは

ごりごりの現代思想をやるつもりだった。でも男ばっかりで男の話ばっかりしてるのにうんざりして、そしたら人間ばっかりで人間の話ばっかりしてるのにもうんざりだなと思って、机上の空論にしか思えなくなって。好きだったんだけど、机上の空論。で、エコロジカル・フェミニズムの方に行った。ゼミでは『役満』みたいな扱いされてる」

そう言って、ひひっ、と笑った。

「役満？」

「脳内お花畑ゆるふわスピ女、みたいな。悪ぶってるのをクールだと思ってるやつらいるだろ、うちの学科の連中はみんなそういう感じ。環境問題に関心があるって言うと、『お魚さんかわいそう』って思ってる頭からっぽな女って扱いされるし、社会運動に興味があるって言うと目を三角にしたヒス女だと思われるのさ」

「……やってられないね」

「ひひ」

滝上は笑って、ショートボブの髪に五本の指を差し込み、オリーブグリーンのインナーカラーを眞青に見せた。

「これ、ヴィーガンブリーチとヴィーガンカラー。普通の薬剤より環境へのダメージが少ないやつ。って言っても、結局は何もしないのが環境に一番いいんだけどさ。緑にしたくなっちゃったんだよ、髪を。植物になりたくてさ。でもそれは完全に僕のエゴ。植物モチーフだけ取り入れた似非《えせ》エシカルファッションと同じ。矛盾だらりでしょ」

「いい色だね」

「うん」

眞青 @blue_moon_light 2023-03-19 17:05
なにがキマイラでなにがそうでないのかを決めるのはだれなのか　にんげんは人魚と猿のキマイラではないのか　にんげんは人魚の思い描いた奇妙な夢のいきものなのでは?

眞青 @blue_moon_light 2023-03-19 17:13
人魚のままではなにもできないから　にんげんというキマイラになるしかない

「あれ、実家帰らないの?」

宇内に聞かれて、眞青は笑ってみせた。早春の日はすでに暮れかけて、一同は駅への道を辿っていた。

「うん。あんま親の顔見る気分じゃなくて。こっち来てることも知らせてないんだわ」

「道理で荷物少ないと思った。今からあっち戻るの、大変じゃない?」

「あれ、眞青ん家《ち》って、仲良くなかった？」

水無瀬が聞く。

「ちょっと色々あって。水無瀬ん家はいいよね、仲良くて」

そう答えると、水無瀬はややあって、

「……仲良いは良いけど」と奥歯にものの挟まったような口振りになった。「家の雰囲気は割と最悪に近いかも」

え、と眞青が聞き返すと、水無瀬は西陽に目を細めた。

「親がすぐお兄ちゃんに無神経なこと言うんで、近付かせないようにうちが気を張ってんの。あ、お兄ちゃんいわゆる引きこもりでさ」

表情から察するに、宇内と滝上は知っていたようだった。

「大学出てからだから、七年くらいになるのかな」

伏し目がちで、寡黙で、という先ほどの水無瀬の言葉を思い出す。何を問いかけても、押し黙って答えてくれない、自分の苦しみを打ち明けてくれないあの少年に似た、お兄ちゃん。何をしているのか、水無瀬にもわからないお兄ちゃん。

「……このままこっちで就職すんの？」

そう聞くと、そのつもりー、と軽い返事が返ってきた。

ごめん無神経なこと言ったね、と言いかけると、水無瀬は笑って制止する。

「いやでも、仲良いのはほんと。お兄ちゃんのこと大好きだから家出らんないのも事実だから」

それは水無瀬自身の意思なのかと眞青はたずねようとする。どうにもできない状況で、自分を犠牲にして、それを自分の選択だと思い込もうとしているように見える。

しかしそれをたずねたら、同じ問いが自分にも返ってくるのではないか？

眞青が黙り込んだところに、

「眞青今日うち泊まったら？」

と滝上が口を挟んだ。「日帰りは大変でしょ」

「……いいの？」

「めちゃくちゃ狭小住宅だけど、母上が今日夜勤でいないから、一人分空いてるよ」

「明日の予定とかないなら、泊まってって明日帰れば」

と宇内も口添えする。

「いいの、その一人分を私がもらっちゃって」

眞青が宇内に遠慮してみせると、

「馬鹿言うな。俺も今日は実家帰るよ」

「そいつ一人分には収まらないよ。でかすぎるから」

宇内と滝上が口々に言う。

「多分死ぬほど散らかってるし、なーんにもお構いできないけど」

「いい、いい、先生にもてなしてもらおうなんて思ってませんわ」

「眞靑」宇内は急に真面目な顔になって、「戸締まりだけは頼む」

「戸締まりくらいちゃんとできるよ」

滝上はにっと笑った。五秒後には戸締まりのことなど忘れていそうな顔だ。

「オーケー、任しといて」

眞靑 @blue_moon_light 2023-03-19 11:19
わたし　には　ながいぶんしょうがかけない　ながいぶんしょうを担うだけの一貫した人格がないから　わたしは引き裂かれていて　ばらばらで　こなごな
↳眞靑 @blue_moon_light 2023-03-19 18:21
ほんとうに？（こういうところ）

眞靑 @blue_moon_light 2023-03-19 23:18
わたし　のためののりものが　用意されていないだけなのでは　ことばのなかに

「死ぬほど散らかってるっていうの、謙遜じゃなかったんだね」

服やら本やら未開封の封筒やらの山をどかしてできた空間に滝上があぐらをかくのを見て、眞青は苦笑した。

「僕が謙遜などする柄か。母上は僕の片付けの師匠だよ。あー、落ち着くな」

どこかから引っ張り出してきた座布団を床に放って、

「眞青も座りなよ」

と勧める。

滝上がちゃぶ台の上の物をぐいぐいと押しやって、わずかな平面を作ったので、眞青はそこに買ったばかりのカップ麵とスマートフォンを並べて置く。

滝上は菓子パンを頰張っている。

散らかった部屋の中で、滝上は身体に纏う植物模様や周囲のものと一体化していくように見えた。

眞青 @blue_moon_light 2023-03-19 23:22
わたし　は　一貫している　あるいは　だれも一貫していない　だれもひとつの〈わたし〉などもっていない　のに　用意された〈わたし〉のテンプレートを使える人と使えない人がいる?
↳眞青 @blue_moon_light 2023-03-19 23:23

ほんとうに?


何か話したい気がしたが、やはり言葉が浮かばない。

「なんでうだのこと振ったの?」

唐突にそう口にしてから、あまりにも不躾《ぶしつけ》な問いであることに気付いたが、

「あれ、うだも本気じゃないと思うんだよな」

と滝上は頓着しない様子であった。

「本気なら付き合うの?」

聞かれて、滝上は嫌そうに顔を顰《しか》めて、「そういう話じゃない」と言った。

「うだが告白して、僕が断って、その繰り返しで僕らの関係は維持されてるような気がする。僕とあいつの関係の最適な形が、世間の所謂《いわゆる》『恋愛』をなぞるものだとは多分うだも思っていなくて、ただ感情の表出の仕方が他に見つからないんじゃないか。僕がOKしたらむしろうだはおたおたすると思うな」

関係の最適な形などというものが果たしてあるのかはわからないけどね、と滝上は付け足す。

「じゃあ、嫌じゃない? 友達に恋愛感情持たれてたり、告白されたりするの」

「別に」

滝上の答えは明快だ。

「こちらの意思を無視するような言動をされたら不快だろうが、今のところそういった言動は見られない。対話さえできれば、意見が違ってもいいんだ。

恋人とか友人とか、関係に名前をつけるのは僕の性《しょう》には合わない。人は全員違うし、人と人の関係もひとつひとつ全部違うから。でも名前をつけないと見えなくなるものもあるんだろう。見えないとそこに手をかけず、消えてしまうものもあるんだろう。

僕は人間関係の構築にも維持にもあまり積極的ではないが、恋人や友人という概念が僕の中にあれば違ったかもしれない。名前がついて可視化されたそれを維持しなければならないという気持ちになったかもしれない、良かれ悪《あ》しかれ。そこから束縛や義務といったものも生じてくるが、全部が全部悪いものではないんだろう。僕みたいな奴ばかりだったらはじめから関係は発生しないし、しても自然消滅するだろう。自然消滅しても何も悪くないと僕は思っている。関係は、発生したら継続しなくてはならないなんていう法はないからね。ある時誰かと出会って、何らかの現象が起きて、その後二度と会わなくて、それでいいと思っているんだ。あったことはなかったことにはならないから。

でもそういう意味で、関係の構築と維持のために何らかの努力をしているのはうだの方で、僕はそのおかげを蒙《こうむ》って退屈しないで済んでいるんだと思うよ。そういううだのベクトルがあるから、僕は反対のベクトルの力をかけて、綱引きみたいなバランスで成り立ってるんだろうね。今のところ」

「今のところっていうのは？」

「だって先のことはわからないだろう」

そう言って滝上は肩をすくめた。

「いつの日かうだがうっかりしつこく言い寄ってきすぎて僕が本気でうんざりすることがあるかもしれないし、僕がうっかりきついことを言いすぎてうだが本気で傷付くかもしれないし、うだがどうかして身を引くとか言い出して関係自体が消滅するかもしれないし、僕がどうかして関係が消滅するくらいならとか言って交際を承知するかもしれない」

「ヒカリ先生でもどうかすることあるの？」

滝上は、自分の意志を貫き通して生きていける人間だと思っていた。多分、自分とは違って。

「その可能性はいつだってあるだろ。僕は常に、自分が一秒後には車の前に飛び出しているかもしれないと思っているよ。希死念慮があるとかじゃなくてね」

「そうなったら――付き合うことになったら――それって、ヒカリ先生にとっては関係のバランスが崩れちゃったってことになるの？」

「バランスが崩れるというか、破綻だな。それはもう。自分に嘘をついてまで維持しなきゃいけない関係なら、それはもう腐敗した関係だから、ない方がいい」

腐敗。葉月と彼氏の関係は、腐敗した関係だろうか。葉月と自分の関係は。

そう考えたとき、滝上はふと真顔になって、

「でもこれはあくまでも僕のケース。それについていくら聞いたところで、君のケースの参考にはならないと思うよ」

と言うので、眞青は苦笑いした。滝上は他人の気持ちなどまるで頓着していないようでいて、妙に鋭いところがあった。

その時、ちゃぶ台に置いていたスマートフォンが突然振動して、画面上に一つの通知を吐き出した。

「葉月」という名前と、「ごめんね」という文字が目に入って、慌ててタップした瞬間に、一瞬で既読をつけたら重いな、と後悔するけれど、LINEのアプリが立ち上がるのを止めることはできなかった。

——ごめんね。朝ちゃんに会うと良ちゃんの機嫌が悪くなるから、もう朝ちゃんには会えません。今までありがとう。

そして、両手を合わせた絵文字。

心臓が飛び出しそうになる。震える手で、「今話せる?」と打つと、ややあって、「少しだけなら」と返ってきた。

顔を上げると、滝上が黙ってその様子を見守っていた。

「ちょっと、電話してくる」

そう言って、ベランダに飛び出した。三月の夜の空気は冷たい。

――ひさ、しぶり。

声が掠《かす》れている。

――……ごめんね。

葉月の声はやはりやわらかい。くたびれた布のようにやわらかい。

――……なんで？

――男の子とあんまり仲良くするの、良ちゃん嫌がるの。あたしも気をつけてたんだけど、朝ちゃんのこと、最初女の子だと思い込んでたしね。ごめんね。あたしが悪かった。

――ぼく、が、女の子だったら、そばにいられた？

どうかなあ、と葉月はきらきらと笑う。

わかっている。葉月のやわらかさ、きらきらとしたうつろな明るさは、身を守るためのものなのだともうわかっている。誰かを怒らせないように、逆上させないように、優しく包み込んでなだめるためだけに葉月が自分を形成してきたこともうわかっている。

その優しさはいま、自分に向けられている。

私が怖いの？

——あたし、あんまり同性の友達いないからなあ。いつもそうなの。

——……それって、彼氏が束縛してるからだよね。自分以外との関わりを切らせて、依存させようとしてるんだよね。そんな男と付き合ってたら、ほんとうにひとりぼっちになっちゃうよ。

言うまいとしていた言葉だった。

——葉月さん、ぼく、じゃ、駄目？

——えーどうしたの、急に。

深刻になりすぎることを避けるような、微笑みを含んだ声。

——ぼく、は、あなたのことを大切に思っています。そいつといたら、葉月さんは不幸になるだけだよ。そんなの、ぼく、は、嫌だから。あなたに幸せになってほしいから。別に、ぼく、が葉月さんを幸せにするとか、そんなおこがましいこと言わないけど、でも、そいつと付き合ってるくらいなら、ぼく、に、葉月さんのそばに、いさせて、ほしいです。

——……ごめんね。あたし、朝ちゃんを男の子として見られない。

——……。

——それに良ちゃんと離れることなんてできないよ。朝ちゃんは良ちゃんのことよく知らないから、いい印象持てないのも仕方ないけど、彼も色々大変なの。良ちゃんはあたしがいないと駄目なの。

——あなたがいないと駄目なんて、そんなはずないでしょ。それは幻想だし、不健全な関係だよ。あなたの今までの彼氏だってそうだったんでしょ？　あなたと別れても生きてるでしょ？

——でも、

葉月の声がいっそう甘く、やわらかくなる。

——朝ちゃんもあたしに対してそう思ってるよね？　自分がいないとあたしは駄目なんだって。

眞青は絶句する。

——そう思って、あたしのそばにずっといてくれたんだよね。ありがと。でも、もうやめていいんだよ。朝ちゃんはいい子だから、あたしの人生には巻き込めない。

——……何で。

——あたしね、ちゃんと幸せになるつもりなの。良ちゃんが卒業したら結婚するって話になってるんだ。うちの親も良ちゃんなら認めてくれてるしね。結婚して、うちの家族とは違う、幸せな家庭を築くのが、ずっと夢だったの。

多分彼と築く家庭は、あなたが生まれ育った家庭と変わらないものになるだろう、とは、眞青は言えない。葉月だってそれくらいのことは考えているはずだ。

——だから、朝ちゃんもちゃんと自分の夢を叶えて、幸せに生きてほしいって、思ってる。応援してるからね。……良ちゃん来ちゃうから、もう切るね。

声は途切れる。画面を見る。通話はもう終了している。

「おやすみなさい」のスタンプを送ってみたが、既読はつかなかった。ブロックされたのかもしれない。


葉月が自分を必要としていたのではなく、自分が葉月を必要としていたのだと、眞青にはもうわかってしまっている。自分の生き方を、自分で選んだのだと思い込むために、他者が必要だったのだと。


眞青がベランダから戻ってくると、滝上は開いていた本から顔を上げて、

「なんか、一緒に燃やしに行く?」

と言った。

「……今は、いいかな」

眞青は唇の端を上げてみせる。

「いつでも招待状送ってよ」

隣の寝室はほとんど物置状態になっていたが、布団のスペースだけは残されていて、二

人で荷物をどけてそのスペースを拡大し、布団を二組並べた。

風呂上がりの滝上が背中のタトゥーを見せてくれたが、ぎりぎりパンツに隠れるところにあるというタトゥーは遠慮した。

「僕、朝起きられないと思うから、出たい時間に勝手に出てってくれていいよ」

そう言いながら滝上は電気を消す。

「鍵はどうするの？」

「開けっ放しでいい」

「私、うだから戸締まり大臣に任命されてるんだけど」

「こんな家、盗むものないよ」

くくっ、と笑った声が、そのまま寝息になった。

眞青は一人で苦笑する。暗闇の中、薄い布団に寝そべって、スマートフォンを顔の前にかざした。それから、小説投稿サイトを開くと、〈カガリビ〉の書いた小説のひとつをタップし、読み始めた。

引用文献

『人魚の姫　アンデルセン童話集Ｉ』

（矢崎源九郎訳、新潮文庫、1967年）

初出

「すばる」2023年8月号

装丁／須田杏菜　　装画／ササキエイコ

川野芽生（かわの・めぐみ）
小説家・歌人・文学研究者。1991年神奈川県生まれ。東京大学大学院総合文化研究科在籍中。2018年に連作「Lilith」で第29回歌壇賞、21年に歌集『Lilith』で第65回現代歌人協会賞受賞。他の著書に、短編小説集『無垢なる花たちのためのユートピア』、掌編小説集『月面文字翻刻一例』、長編小説『奇病庭園』、エッセイ集『かわいいピンクの竜になる』がある。

Blue《ブルー》

2024年1月20日　第1刷発行
2024年2月10日　第2刷発行

著　者　川《かわ》野《の》芽《め》生《ぐみ》

発行者　樋口尚也

発行所　株式会社集英社
〒101-8050
東京都千代田区一ツ橋2-5-10
電話 03-3230-6100（編集部）
03-3230-6080（読者係）
03-3230-6393（販売部）書店専用

印刷所　中央精版印刷株式会社
製本所　中央精版印刷株式会社

ISBN978-4-08-771866-9　C0093

集英社の文芸単行本

永井みみ『ジョニ黒』

4年前、海水浴中にはぐれてしまった父さんは今もまだ帰ってこない。あれ以来、母親のマチ子は時々どっかから拾ったオスをつれてくるようになった。日出男はその「オス犬」のひとりだった——。すばる文学賞受賞作『ミシンと金魚』の著者が贈る、少年と「犬」との疾走感あふれるひと夏の冒険物語。

石田夏穂『黄金比の縁』

(株)Kエンジニアリングの人事部で働く小野は、不当な辞令への恨みから、会社の不利益になる人間の採用を心に誓う。彼女が導き出した選考方法は、顔の縦と横の黄金比を満たす者を選ぶというものだった……。ボディ・ビルを描いた『我が友、スミス』で鮮烈なデビューを果たした著者が、「就活」に隠された人間の本音を鋭く活写する。

高瀬隼子『いい子のあくび』

歩きスマホの人をよけるのは、なぜいつもわたし？　公私共に「いい子」であることの「割りに合わなさ」を訴える表題作。結婚式のバージンロードで父から新郎へ引き渡される新婦の姿に「じんしんばいばい」と違和感を覚えるも、友人の式への欠席の意向を伝えられない（「末永い幸せ」）。他、社会に対して違和感を抱く人々を描く3編を収録。